Tanya Stewner wurde 1974 im Bergischen Land geboren und begann bereits mit zehn Jahren, Geschichten zu schreiben. Sie studierte Literaturübersetzen, Englisch und Literaturwissenschaften in Düsseldorf, Wuppertal und London und widmet sich inzwischen ganz der Schriftstellerei. Die Autorin lebt und arbeitet in Wuppertal. Mit ihren Kinderbüchern über die Tier-Dolmetscherin Liliane Susewind und über die Zwillinge Florentine und Pauline erzielte Tanya Stewner auf Anhieb riesige Erfolge. Folgende ›Liliane Susewind‹-Bände sind bisher im Programm der Fischer Schatzinsel erschienen: ›Mit Elefanten spricht man nicht!‹ (Bd. 80709), ›Tiger küssen keine Löwen‹ (Bd. 80773), ›Delphine in Seenot‹ (Bd. 80849), ›Schimpansen macht man nicht zum Affen‹ (Bd. 80884), ›So springt man nicht mit Pferden um‹ und ›Ein Panda ist kein Känguru‹ (gebundene Ausgaben aller Bände). ›Rückt dem Wolf nicht auf den Pelz!‹ ist der siebte Band der Reihe. Die Reihe um Florentine und Pauline umfasst bisher die Bände ›Wie weckt man eine Elfe?‹ und ›Eine Fee ist keine Elfe‹ (gebundene Ausgaben). Weitere Bände sind in Vorbereitung.

Eva Schöffmann-Davidov, geboren 1973, hat schon als Kind alles gezeichnet, was ihr vor den Pinsel kam. Nach dem Abitur besuchte sie die Freie Kunstwerkstatt in München und studierte anschließend Graphik-Design in Augsburg. Bis heute hat sie mit großem Erfolg über 300 Bücher, vorwiegend für Kinder- und Jugendbuchverlage, illustriert. Sie lebt, liebt und arbeitet in München.

Tanya Stewner

Liliane Susewind

Rückt dem Wolf nicht auf den Pelz!

Mit Bildern von
Eva Schöffmann-Davidov

Fischer Schatzinsel

Mehr Informationen, viele Spiele und Rätsel rund um »Liliane Susewind« gibt es hier:
www.liliane-susewind.de

Fischer Schatzinsel
ist das Kinder- und Jugendbuchprogramm
der S. Fischer Verlage
www.fischerschatzinsel.de

Umschlaggestaltung: bilekjaeger
unter Verwendung einer Illustration von Eva Schöffmann-Davidov
Satz: Pinkuin Satz und Datentechnik, Berlin
Druck und Bindung: CPI – Clausen & Bosse, Leck
Printed in Germany
ISBN 978-3-596-85427-1

Nach den Regeln der neuen Rechtschreibung

Inhalt

Anders sein

»Angriff! Aufruhr! Alarm!«, bellte der kleine weiße Hund aus Leibeskräften und zerrte an der Leine. »Macht euch vom Acker, ihr Blödiane! Ihr geht mir voll auf den Senkel!«

Lilli, die neben ihrem Hund den Fußgängerweg entlangging, presste leise zwischen den Zähnen hervor: »Schon gut, Bonsai, du musst nicht bellen.« Doch innerlich gab sie dem winzigen Mischling vollkommen recht – diese Presseleute konnten einem extrem auf die Nerven gehen!

Lilli seufzte angestrengt. Seit ihre Mutter vor wenigen Wochen öffentlich erklärt hatte, dass ihre

Tochter mit Tieren sprechen konnte und durch ihr Lachen Pflanzen zum Blühen brachte, war in Lillis Leben die Hölle los. Das Haus der Susewinds wurde seitdem ständig von Reportern und Fotografen belagert. Alle wollten einen Blick auf das Mädchen erhaschen, das momentan die absolute Sensation in den Schlagzeilen der Zeitungen war. Die ganze Welt schien wissen zu wollen, wie es möglich war, dass das unscheinbare Mädchen mit dem lustigen Namen Liliane Susewind etwas so Unglaubliches konnte, wie die Sprache der Tiere zu verstehen!

Kaum jemand zweifelte noch daran, dass Lillis Gaben echt waren, denn in den vergangenen Wochen hatten sich immer mehr Zeugen gemeldet und Lillis Fähigkeiten bestätigt: Der ehemalige Pferdetrainer Egobert war in einer Talkshow aufgetreten und hatte erzählt, wie Lilli mit dem Springpferd Storm geredet und ihm so zum Sieg in einem Turnier verholfen hatte. Außerdem waren in Interviews einige Journalisten aus Norddeutschland zu Wort gekommen. Diese konnten berichten, dass sie Liliane Susewind im vergangenen Sommer an der Nordsee gesehen hatten, als eine Gruppe verirrter Delphine auf geheimnisvolle Weise gerettet wurde. Zusätzlich hatten sich verschiedene Zoobesucher aus Lillis Heimatstadt und der Nachbarstadt Zupplingen gemeldet, die davon erzählten, dass sie das Mädchen mit dem roten Lockenkopf dabei beobachtet hatten, wie es mit Tieren sprach.

Lilli konnte das Haus mittlerweile kaum noch verlassen, da ihr die Paparazzi – so nannte man die Fotojäger – auf Schritt und Tritt folgten und Kameras zu klicken und zu blitzen begannen, sobald sie durch das Gartentor der Susewinds auf die Straße trat. Wenn Lilli zur Schule ging, zog sie sich die Kapuze ihres Anoraks so tief wie möglich ins Gesicht und klammerte sich an die Hand ihrer Oma, die sie auf dem Schulweg nun immer begleitete und die Reporter davon abhielt, ihrer Enkelin zu nahe zu kommen.

Oma Susewind hatte Lilli auch an diesem Tag zur Schule gebracht und sie soeben von dort wieder abgeholt. Nun ging sie mit festem Schritt auf dem Gehsteig voraus, während Lilli ihr mit geducktem Kopf folgte.

»Aus dem Weg, ihr gierigen Schmierlappen!«, rief Lillis Oma den Paparazzi zu und stürmte der Meute resolut entgegen. Einer der Reporter sprang jedoch direkt vor ihre Füße und hielt ihr ein Mikrophon unter die Nase.

»Ist die Begabung Ihrer Enkeltochter vererbt?«, fragte er mit lauter, fordernder Stimme. »Sind Sie auch eine Tier-Flüsterin? Oder haben die Eltern des Mädchens besondere Fähigkeiten?«

Anstatt zu antworten, schnaubte Lillis Oma zornig und zückte ihren Regenschirm. Mit entschlossener Miene zielte sie auf den Reporter und ließ den Schirm knallend aufschnappen. »Weg mit dir, Armleuchter!«, wetterte sie und fuchtelte mit dem Schirm herum, als sei er ein Schwert.

Bonsai feuerte sie vom Boden aus lautstark an. »Ja! Zeigen wir es den Klick-Heinis!«, kläffte er und riss heftig an der Leine, die Lilli in der Hand hielt. »Verzieht euch, ihr Vollpfosten!«

Lilli machte sich in ihrem Anorak ganz klein.

»Komm hinter den Schirm!«, rief Oma und hielt schützend den Arm über ihre Enkeltochter.

Lilli drängte sich ganz dicht hinter den aufgespannten Regenschirm. Oma nahm ihre Hand und nickte ihr zu. Lilli nickte tapfer zurück, und sie begannen zu laufen. Gemeinsam preschten sie im Eiltempo die Straße entlang. Die Reporter umringten sie dabei wie eine Horde hungriger Raubtiere, aber sie wagten es nicht, ihnen noch einmal den Weg zu verstellen. Bald hatten Lilli, Oma und Bonsai es bis nach Hause geschafft, und sobald sie sich durch das Gartentor der Susewinds gezwängt und es hinter sich zugeschlagen hatten, ließen die Paparazzi von ihnen ab. Auf das Grundstück der Familie durften sie ihnen nicht folgen.

»Die werden immer dreister!«, schimpfte Oma und schob kopfschüttelnd den Schirm zusammen.

»Ich find die total doof!«, beschwerte Bonsai sich gleichzeitig. »Wir sind schon seit Ewigkeiten nicht mehr richtig spazieren gegangen, Lilli! Nur wegen denen!« Er stemmte protestierend die Vorderpfoten auf den Rasen. »Du sagst immer, dass ich in den Garten machen soll, weil wir nicht mehr in den Park gehen können. Aber in den Garten zu machen ist voll öde! Das riecht ja dann gar keiner von den Jungs aus dem Park!«

Lilli, die noch ganz außer Atem war, hörte den Kummer in Bonsais Kläffen. Hunde setzten nun einmal gern Duftmarken für andere Hunde ab. Das war, als würden sie kleine Nachrichten hinterlassen. Aber im Garten der Susewinds kamen natürlich keine anderen Hunde vorbei. Bonsai hatte seit Wochen auf das Gassigehen im Park verzichten müssen. Wenn Lilli daran dachte, wurde sie richtig traurig. »Es tut mir leid, Bonsai«, sagte sie leise. »Ich wünschte, wir könnten einfach so im Park spazieren gehen.« Sie schluckte. »Ich wünschte, ich wäre normal, dann …« Der Rest des Satzes verwandelte sich in ein unterdrücktes Schluchzen.

Bonsai stellte betroffen die Ohren auf. »Lilli, du bist nicht fröhlich!«, wuffte er. »Es kommt Wasser aus deinen Augen! Das ist ein ganz schlechtes Zeichen!«

Lilli wischte sich eine Träne von der Wange. »Ist schon gut, Bonsai«, schniefte sie.

Da sagte Oma: »Nein, es ist nicht gut.« Sorgenvoll schaute sie Lilli an. »Wir sollten uns unterhalten.« Sie ging ein paar Schritte in den Garten hinein, setzte sich auf eine Bank und klopfte neben sich. »Komm her, mein Schatz.«

Lilli schniefte noch einmal und nahm auf der herbstkalten Gartenbank neben ihrer Oma Platz. Bonsai lief ihr trippelnd nach, hüpfte ebenfalls hinauf, stellte sich auf die Hinterbeine und schlabberte Lilli fürsorglich übers ganze Gesicht. »Die Klick-Heinis hauen bestimmt bald wieder

die KLICK-Heinis
hauen
BALD
WIEDER
AB
UP

ab«, hechelte er dabei eifrig. »Früher waren sie ja auch nicht da. Sie können also auch einfach weg sein!«

Lilli lächelte ein kleines Lächeln und ließ Bonsai schlabbern.

Oma neigte nun den Kopf. »Lilli ...« Ihr Ton klang ernst. »Es ist Zeit, dass wir einmal über dich und ... deine Besonderheit reden.«

Lilli sah sie überrascht an. Oma wollte mit ihr über ihre Besonderheit sprechen?

»Durch deine Gaben bist du anders als andere«, sprach Oma weiter. »Ich weiß, dass du dir in den vergangenen Jahren viele Male gewünscht hast, wie die anderen Kinder zu sein.«

Lilli schaute sie abwartend an.

»Du möchtest *normal* sein, weil dir deine Fähigkeiten manchmal wie eine schwere Last erscheinen.«

Lilli begann, schweigend Bonsai zu kraulen, der es sich gerade auf ihrem Schoß gemütlich machte.

»Aber manchmal bist du auch sehr froh, dass du so bist, wie du bist, oder?«

Lilli starrte auf Bonsais weißes Zottelfell. Erst nach einer Weile antwortete sie. »Ich finde es eigentlich gut, dass ich mit Tieren sprechen kann. Und ich liebe Pflanzen.«

Oma nickte langsam. »Lilli, ich werde dir jetzt eine wichtige Frage stellen.«

Lilli spürte, wie ihr ein Kribbeln den Rücken hinaufkroch.

»Wenn du die Wahl hättest …« Oma beugte sich vor. »Wenn du entscheiden könntest, *normal* zu sein oder *du* zu sein …« Forschend blickte sie Lilli an. »Was würdest du wählen?«

Lilli biss sich auf die Unterlippe. Das war eine sehr schwierige Frage. Sie überlegte. Wie alle anderen zu sein, wäre sehr schön. Sie müsste sich keine Sorgen mehr darum machen, entweder als seltsam oder als sensationelle Attraktion angesehen zu werden. Sie könnte einfach ganz normal leben. Diese Vorstellung gefiel ihr. Aber dann blieb Lillis Blick wieder an Bonsai hängen, der auf ihrem Schoß friedlich vor sich hin hechelte. Es versetzte Lilli einen Stich, wenn sie sich vorstellte, dass sie nicht mehr mit Bonsai sprechen könnte. Das wäre eine Katastrophe!

»Ich möchte lieber *ich* sein!«, platzte es da aus ihr heraus. »Ich will meine Gaben behalten!«

»Niemand wird sie dir wegnehmen, Schatz«,

beruhigte Oma sie lächelnd. »Aber es ist schön zu hören, dass du dir gar nicht wirklich wünschst, anders zu sein als du bist.«

Lilli senkte den Blick. Hatte sie das gesagt? Das hatte sie wohl. Und es stimmte ja auch. Sie *wollte* mit Tieren sprechen können. Sie *wollte* Pflanzen wachsen lassen können. Aber sie wäre trotzdem gern wie die anderen gewesen …

Beides ging wohl nicht.

»Deine Fähigkeiten sind Geschenke«, fuhr Oma nun fort. »Du solltest dich freuen, dass du sie hast.«

Lilli kraulte Bonsai und schwieg.

»Du kannst mit deinen Gaben viel Gutes tun«, fügte Oma mit sanfter Stimme hinzu. »Du hast schon so vielen Tieren und Pflanzen geholfen. Stell dir vor, was du noch alles tun kannst!« Sie strich ihrer Enkelin eine rote Locke hinters Ohr. »Du hast ein gutes Herz, Lilli, und deshalb sind diese enormen Fähigkeiten bei dir genau am richtigen Platz. Aber du trägst auch eine große Verantwortung.«

Lilli blickte starr ins Leere.

»Ich will dich nicht überfordern.« Oma streichelte Lillis Arm. »Aber eines möchte ich dir noch sagen: Wenn du deine Gaben von ganzem Herzen annimmst, mit allen Vor- und Nachteilen, dann fühlst du dich bestimmt viel wohler in deiner Haut.« Damit stand sie auf, lächelte Lilli noch einmal liebevoll zu und ging langsam ins Haus.

Lilli blieb auf der Bank zurück, den Kopf voller Gedanken. War ihre Besonderheit ein Geschenk oder war sie eine Last? Lilli wusste nur eines: Es war ganz und gar nicht leicht, Liliane Susewind zu sein.

Frau von Schmidts Vorname

Lilli hatte eine kleine Ewigkeit auf der Bank gesessen und gegrübelt, da ertönte plötzlich eine durchdringende Stimme hinter ihr. »Madame von Susewind, welch gramvolle Bekümmerung muss Sie ergriffen haben, dass Sie derart abgeschlafft hier herumsitzen?!«

Lilli drehte sich um. Auf der Lehne der Bank thronte eine orange getigerte, äußerst elegante Katzendame: Frau von Schmidt. »Guten Tag, Madame! Wie schön, Sie zu sehen!«, grüßte Lilli höflich, denn diese Katze besaß Stil, und man musste so hochgestochen wie möglich mit ihr sprechen.

»Hey, Schmidti!«, bellte Bonsai ebenfalls erfreut, sprang auf und leckte der Katze überschwänglich über die feine kleine Nase.

Frau von Schmidt verstand den wenig geschmackvollen Spitznamen jedoch nicht, den der Hund gerade für sie benutzt hatte, denn sie sprach ausschließlich Katzisch und kein Wort Hundisch. Bonsais Begrüßungsgeste hielt sie dagegen für absolut angemessen. »Wie freundlich von Ihnen, Herr von Bonsai!«, schnurrte sie, während der Winzling ihr nun die Ohren ausschleckte. »Wirklich sehr zuvorkommend.« Als der Hund schließlich von ihr abließ, fuhr sie sich zweimal sorgfältig mit der Pfote durchs Gesicht, als wolle sie ihre Frisur wieder richten, und wandte sich anschließend erneut Lilli zu. »Madame, da Sie offenbar von tiefschürfendem Gram überrollt wurden, möchte ich Ihnen zur Linderung Ihres Jammers noch einmal die höchste Auszeichnung anbieten, die eine Katze überhaupt aussprechen kann.«

Lilli runzelte die Stirn. »Oh, Sie meinen, dass ich Sie beim Vornamen nennen darf?«

»In der Tat.« Frau von Schmidts Schwanz schlug angespannt auf die Lehne der Bank. Dies war offensichtlich ein heikles Thema für sie. Vor einigen Wochen hatte die Katze Lilli zum ersten Mal das *Du* angeboten und ihr gleich darauf ihren Vornamen verraten. Als Lilli diesen gehört hatte, war sie sich sofort sicher gewesen, dass sie Frau von Schmidt niemals so nennen würde.

»Warum widerstrebt es Ihnen derartig, mich mit meinem Vornamen anzusprechen?«, fragte die Katze nun säuerlich. »So etwas biete ich nicht alle Tage an!«

»Ich …« Lilli suchte nach erklärenden Worten. »Ich kann Sie einfach nicht … *Mausi* nennen!«

Bonsais Ohr zuckte. »Warum solltest du auch? Sie heißt ja Schmidti …«

Lilli ging nicht darauf ein. »Madame, es … erscheint mir … unangebracht«, stammelte sie. »Wie sind Sie überhaupt zu diesem Namen gekommen?« Lilli konnte noch immer kaum fassen, dass Frau von Schmidt tatsächlich so heißen sollte.

Die Katze seufzte ein Katzenseufzen. »Nun, meine derzeitigen Hausangestellten sind nicht meine ersten zweibeinigen Aushilfen.«

Lilli benötigte einen Augenblick, um der Katze zu folgen. »Wollen Sie damit sagen, dass die Sturmwagners nicht Ihre ersten –« beinahe hätte

Lilli *Besitzer* gesagt, aber sie konnte sich gerade noch zusammenreißen. »… nicht Ihre ersten Menschen sind?« Die Familie von Lillis bestem Freund Jesahja hatte die Katze also von jemand anderem übernommen?

»Nun …«, maunzte die Katzenlady, »bevor ich hier einzog, wohnte ich woanders und hatte andere Hausangestellte. Das waren tragischerweise Zweibeiner ohne jeglichen Stil und ohne den kleinsten Funken Geschmack! Kein einziges Mal haben sie mein Fell gebürstet, geschweige denn mir Futter gegeben, das meine Frisur zum Leuchten gebracht hätte!« Die Katze schnupfte entrüstet. »Und sie nannten mich … Mausi.« Sie schüttelte sich. »Als ich hierher zog, gaben mir die neuen Zweibeiner zum Glück einen passenderen Namen, und das Futter hier unterstützt die natürliche Leuchtkraft meines hinreißenden Fells ebenfalls ganz vortrefflich!« Entzückt leckte sie sich über ihr Brustfell.

Lilli überging den letzten Kommentar. »Aber wenn Sie Ihren Vornamen gar nicht mögen, wieso soll ich Sie dann so nennen?«, wunderte sie sich.

Frau von Schmidt zögerte und wiegte den Kopf. »Madame … ich will Ihnen damit zeigen, dass Sie eine ganz besondere Zweibeinerin für mich sind«, miaute sie und wirkte dabei beinahe etwas unbeholfen. »Ich kann Sie … erstaunlich gut leiden.«

Lillis Wangen röteten sich vor Freude. »Das ist sehr freundlich von Ihnen«, brachte sie leise hervor. »Ich kann Sie auch sehr gut leiden.«

Frau von Schmidt kratzte sich fast verschämt am Ohr.

Lilli überlegte. »Und weil ich Sie so mag, rede ich Sie lieber weiterhin mit Ihrem überaus vornehmen Nachnamen an«, fügte sie entschlossen hinzu.

Da meldete Bonsai sich wieder zu Wort. »Ich mag Schmidti auch total! Sie ist voll der gute Kumpel!«

Bevor Lilli das übersetzen konnte, hörte sie leises Geraschel in den Rhododendronbüschen am Rande des Gartens. »Lilli?«, rief im nächsten Moment eine vertraute Stimme.

»Warte, Jesahja, ich komme!«, antwortete Lilli und lief rasch zu den Büschen hinüber. Dort, versteckt zwischen den Blättern, befand sich der geheime Besprechungsort von ihr und ihrem besten Freund. Kaum hatte Lilli sich unter ein paar Zweigen hindurchgebückt, entdeckte sie Jesahja auch schon: Er saß im Schneidersitz auf einem Stapel Zeitungen. Seine lockigen dunklen Haare waren sorgsam verstrubbelt, was daran lag, dass er seit neuestem Haargel benutzte, um sich zu stylen. Lilli lächelte schief. Jesahja war der bestaussehende Junge der ganzen Schule – eigentlich brauchte er gar kein Gel. Seine wachen braunen Augen blitzten sie wie immer zur Begrüßung an. »Hey! Willst du mal sehen, was heute alles über dich in den Zeitungen steht?«, fragte er leichthin.

Lilli stöhnte. Sie hatte schon gehofft, Jesahja hätte die Zeitungen nur deshalb mitgebracht, weil der Boden inzwischen recht kalt war. Es war eben kein Sommer mehr. »Bloß nicht!«, entgegnete sie energisch und setzte sich neben Jesahja auf die Zeitungsbogen.

Bonsai, der Lilli gemeinsam mit Frau von Schmidt in das Gebüsch gefolgt war, stellte sich erwartungsvoll schwanzwedelnd vor Jesahja, bis dieser ihn streichelte. Daraufhin ließ sich der Hund zufrieden bei ihm nieder, während die Katze mit geschmeidigen Schrittchen an Lillis Rücken entlangstrich und Jesahja wie gewöhnlich ignorierte.

»Ich will nichts mehr von diesen blöden Reportern hören!«, sagte Lilli unterdessen, schlang die Arme um ihre Beine und vergrub den Kopf dahinter.

Jesahja atmete geräuschvoll durch. »Haben sie dich und deine Oma auf dem Heimweg schon wieder so übel belagert?« Jesahja schloss sich Lilli und ihrer Oma meistens auf dem Schulweg an, aber an diesem Nachmittag hatte er Fußballtraining gehabt.

Lilli nickte hinter ihren Armen. »Manchmal denke ich, dass sie uns irgendwann zerquetschen.«

Bonsai kläffte entsetzt auf. »Nein! Nicht zerquetschen!«

Frau von Schmidt mischte sich ebenfalls sofort ein. »Sollten diese schamlosen Drängel-Banausen dies tatsächlich wagen und Ihnen auch nur ein Haar krümmen, wird meine Rache furchtbar sein!«, zischte sie.

Lilli fragte lieber gar nicht erst nach, was das bedeuten sollte. Sie stützte das Kinn auf ihre Arme und schnitt eine Grimasse. »Geht das jetzt für immer so weiter?«

»Keine Ahnung.« Jesahja machte ein betretenes Gesicht. »Als ich gerade eben nach Hause gekommen bin, stand allerdings niemand mehr vor eurem Tor. Wahrscheinlich, weil die Paparazzi mittlerweile kapiert haben, dass ihr abends nicht mehr rauskommt.«

»Echt?« Lilli setzte sich auf. »Die sind weg?«

Kaum hatte Bonsai das gehört, hüpfte er wie elektrisiert auf die kurzen Beine. »Was?! Die Klick-Heinis sind nicht mehr da?« Aufgeregt sprang er an Lilli hoch. »Ich hab es doch gesagt! Sie können einfach weg sein! Jippieh!« Sein Schwanz wedelte wie wild hin und her. »Gehen wir jetzt endlich wieder in den Park? Ja? Sag ja!«

Lilli sah ihren Hund überlegend an und spürte, wie ihr Herz schneller zu klopfen begann. Sie könnten einfach in den Park gehen ...

»Was hat er?«, fragte Jesahja mit einem Blick auf den wie irre herumhopsenden Hund.

»Er will gern mal wieder richtig spazieren gehen«, murmelte Lilli, während sie abzuwägen versuchte, wie riskant das war.

Jesahja kratzte sich am Hinterkopf. »Das könnte ganz schön ins Auge gehen«, brummte er skeptisch.

Währenddessen fing Bonsai an, wie wild »Park! Park! Park!« zu bellen.

Frau von Schmidt beobachtete den Hund mit

schief gelegtem Kopf und erkundigte sich bei Lilli, was »Herrn von Bonsai dergestalt in Wallung versetzte«. Lilli erklärte es ihr, woraufhin die Katze mit würdevoller Miene »Park! Park! Park!« zu miezen begann.

Jesahja verdrehte die Augen und hielt sich die Ohren zu.

»Okay, wir gehen in den Park!«, rief Lilli, und augenblicklich herrschte Stille. Der Hund und die Katze blickten sie erstaunt an. »Wirklich?«, fragte Bonsai zaghaft.

»Ja, ich würde selbst gerne mal wieder hier rauskommen.« Lilli sah sich um, als sei der Garten ein Gefängnis.

Jesahja warf ihr einen zweifelnden Blick zu, aber Lilli erhob sich entschlossen. »Kommst du mit?«, fragte sie ihn.

In Jesahjas Augen konnte Lilli erkennen, wie die Zweifel der Abenteuerlust wichen. »Klar«, antwortete er und grinste.

Lilli grinste zurück.

Spaziergang mit Folgen

Lilli und Jesahja öffneten leise das Gartentor der Susewinds und streckten vorsichtig die Köpfe hinaus. Auf der Straße war weit und breit niemand zu sehen.

»Was macht ihr da?«, fragte plötzlich jemand.

Lilli drehte sich erschrocken um. Hinter ihr stand ihr Vater. Mit seiner unmodernen Brille und dem etwas zu großen Pullover sah er wieder einmal ein wenig schrullig aus, aber für Lilli war er der beste Papa der ganzen Welt.

»Kommt wieder rein!«, warnte ihr Vater und linste über ihre Köpfe hinweg auf die Straße. »Oh!

Die Luft scheint rein zu sein«, stellte er überrascht fest, lachte und strich sich über die Stirn, als wolle er Angstschweiß wegwischen. »Wenn das so ist, fahre ich noch mal schnell zum Supermarkt und kaufe frisches Gemüse fürs Abendessen.« Herr Susewind war Hausmann und kümmerte sich um den Haushalt und ums Kochen, während Lillis Mutter Moderatorin einer politischen Fernsehtalkshow war und immer viel arbeiten musste. Lillis Oma hatte eine Vorliebe für Technik und reparierte lieber Sachen, als in der Küche zu zaubern. »Wollt ihr mitkommen?«, fragte Herr Susewind Lilli und Jesahja nun.

»Äh …«, sagte Lilli, während Jesahja freundlich entgegnete: »Nein, danke. Keine Zeit.«

Lilli fragte sich gerade, ob sie ihrem Vater von ihrem Vorhaben erzählen sollten, da ging Herr Susewind schon zu seinem alten gelben Auto, das in der Einfahrt parkte. Als er den Motor anließ, erklang ein lautes Knattern. Das gehörte zu diesem Auto allerdings dazu – es klang immer, als sei es kurz davor, den Geist aufzugeben.

Lilli und Jesahja öffneten die großen Flügeltüren des Gartentores, und Lillis Vater fuhr winkend hindurch. Sobald der knatternde Wagen sich entfernt hatte und die Türen wieder geschlossen waren, bellte Bonsai ungeduldig: »Lilli! Park!« Dabei hopste er trotzig auf der Stelle und grunzte unzufrieden. Lilli hätte beinahe gelacht, wenn sie nicht so nervös gewesen wäre. Ihre Mutter hatte ihr eigentlich streng verboten, den Garten ohne einen Erwachsenen zu verlassen …

»Dann mal los«, rief Jesahja da schon und setzte sich in Bewegung. Frau von Schmidt schloss sich ihm sofort an und stelzte hocherhobenen Hauptes über den Bordstein.

»Okay«, murmelte Lilli und folgte ihnen, während Bonsai aufgekratzt »Juhu!« kläffte und an ihr vorbeischoss.

Ein paar Minuten lang stapften Lilli und Jesahja wortlos die Straße hinab und warfen immer wieder unsichere Blicke nach rechts und links. Doch alles schien normal zu sein. Als sie den Stadtpark erreichten, atmete Lilli auf. Hier waren kaum Leute, und Reporter würden bestimmt nicht auf sie lauern, schließlich konnte niemand wissen, dass sie herkommen würde.

Bonsai johlte mit sich vor Freude überschlagender Stimme »Hallo, Park!« und schnupperte begeistert an den Bäumen, die am Wegesrand standen. Gleich darauf nahm er Schwung, stellte sich auf die Vorderbeine und pinkelte selig gegen einen Stamm. Das war ein Trick von ihm, der später vorbeischnüffelnden Hunden vorgaukeln sollte, er sei viel größer als er tatsächlich war.

Lilli lächelte. Bonsai war glücklich, und sie war es auch. Selbst Frau von Schmidt schien ungewöhnlich vergnügt zu sein. Während sie Bonsais Trick beobachtete, mäkelte sie ausnahmsweise nicht daran herum, dass der Hund ungeniert die »Parkvegetation besudelte, anstatt aufs stille Örtchen zu gehen«, sondern sie maunzte seufzend: »Herr von Bonsais Betragen zeugt ohne Frage von geradezu bombastischer Intelligenz!«

Lilli kicherte, und neben ihr erblühte eine einzelne kleine Blüte an einem Strauch. Im Herbst waren die meisten Pflanzen schon beinahe im Winterschlaf, deshalb entstanden durch Lillis Lachen in dieser Jahreszeit selten Blumenmeere oder üppige Wiesen, sondern meist nur einzelne winzige Blüten an den oft schon kahlen Ästen.

»Hübsch«, kommentierte Jesahja und schnippte leicht gegen die Blüte. Dann zog er plötzlich die Augenbrauen zusammen und starrte an Lilli vorbei.

UP

»Was ist denn?«, fragte sie und wandte sich um. Sie konnte allerdings nichts Ungewöhnliches erkennen.

»Ach, nichts.« Jesahja zuckte die Achseln. »Ich dachte, da wäre jemand hinter dem Baum, aber ich hab mich wohl getäuscht.« Er machte eine wegwerfende Handbewegung. »Meine Mutter und mein Vater lassen dich übrigens grüßen«, erzählte er nun. Seine Eltern waren erst vor kurzem von einer langen Geschäftsreise zurückgekehrt und kannten Lilli noch nicht so gut wie die Susewinds Jesahja kannten. »Sie finden dich nett.«

Lilli merkte, dass sie rot wurde. Während sie noch überlegte, was sie darauf erwidern sollte, hörte sie plötzlich ein Geräusch. Waren da Schritte hinter ihnen?

Bevor Lilli sich umdrehen konnte, raschelte irgendetwas, und dann ging alles ganz schnell.

Mit einem Mal war es dunkel. Völlig dunkel.

Lilli wurde stocksteif vor Schreck. Jemand hatte ihr irgendetwas über den Kopf gestülpt!

Neben sich hörte Lilli Jesahja schreien. Doch sie konnte ihn nicht sehen. Auf einmal konnte sie sich auch nicht mehr bewegen. Jemand hielt ihr die Arme auf dem Rücken fest!

»Angriff! Aufruhr! Alarm!«, gellte Bonsai, aber dann verstummte er plötzlich.

»Bonsai? BONSAI!«, schrillte Lilli.

Da hörte sie Frau von Schmidt keifen. »Das ist völlig inakzeptabel! Weg da!«, fauchte sie, aber dann verstummte auch sie von einem Moment auf den anderen.

»Schmidti!« Lillis Schrei klang in dem Ding, das man ihr über den Kopf gezogen hatte, eigenartig gedämpft.

»Lilli!«, hörte sie Jesahja wie durch eine dicke Decke rufen. Er schien noch immer neben ihr zu sein.

»Jesahja!«

»Ruhig jetzt!«, zischte da eine Männerstimme hinter ihr. »Ihr seid sofort still, oder den Tieren passiert was!«

Lilli schnappte nach Luft, doch kein Laut drang durch ihre Lippen.

»Bewegt euch!«, befahl die Stimme hinter ihr leise. Gleichzeitig ergriff eine Hand Lillis Arm und zog sie voran. Lilli taumelte vorwärts. Ohne zu wissen, wohin sie ging, setzte sie stolpernd einen Fuß vor den anderen.

Auf einmal hörte Lilli einen knatternden Automotor in der Ferne. Das Geräusch war unverkennbar. Der Wagen ihres Vaters! Papa fuhr gerade am Park vorbei! Lillis Gedanken überschlugen sich. Sollte sie schreien? Würde ihr Vater sie im Auto hören können? Ihr Herz klopfte vor Aufregung so schnell, dass es weh tat. Papa war ganz nah!

Dann wurde Lilli schlagartig klar, dass sie ihn nicht auf sich aufmerksam machen konnte. Der Mann hatte gesagt, dass Bonsai und Frau von Schmidt etwas passieren würde, wenn sie schrie. Das durfte sie nicht riskieren …

Lilli schossen Tränen in die Augen. *Papa* … dachte sie verzweifelt und begann leise zu weinen.

Der Mann, der sie vorantrieb, sagte jedoch barsch: »Bewegt euch!«

Lilli stolperte weiter.

Nach kurzer Zeit hielten sie an. Lilli hörte, wie eine Autotür geöffnet wurde. »Rein da!«, kommandierte die Stimme und drängte Lilli auf einen Sitz.

»Du auch!«, sagte die Stimme.

Jemand setzte sich neben Lilli. War das Jesahja? Wo waren die Tiere?

Mehrere Autotüren wurden zugeschlagen, und

der Wagen, in dem sie offenbar saßen, fuhr los. Die Erkenntnis traf Lilli wie ein Hammerschlag. Sie wurden entführt!

Wohin wurden sie gebracht? Was wollte dieser Mann mit ihnen – oder waren es mehrere Leute?

Lilli hätte alles dafür getan, mit Jesahja sprechen zu können. Hatte er eine Ahnung, was hier geschah? Lilli zog zittrig die Nase hoch. Jesahja saß wahrscheinlich direkt neben ihr und war doch unerreichbar.

Die Autofahrt dauerte an. Lilli weinte nun nicht mehr, aber sie hatte dennoch furchtbare Angst. Das alles schien ein böser Albtraum zu sein.

Sie wusste nicht, wie viel Zeit vergangen war, als der Wagen schließlich hielt. Jemand stieg aus und öffnete ihre Tür. »Komm raus«, befahl die Männerstimme.

Lilli hatte gummiweiche Beine und konnte kaum aufstehen, aber der Mann zog sie einfach aus dem Auto, nahm sie auf den Arm und trug sie ein paar Schritte. Dann öffnete er eine weitere Tür und setzte Lilli auf einem Fußboden ab. Es rumpelte und knarrte um sie herum. Dann war alles still.

Lilli hörte ihren Puls in ihrem Kopf dröhnen.

War der Mann fort? Konnte sie es wagen, sich zu bewegen?

Da hörte sie ein Geräusch. Gleich darauf wurde ihr das dunkle Ding vom Kopf gezogen. Lilli blinzelte gegen die plötzliche Helligkeit an. Langsam formten sich Umrisse vor ihren Augen. Jesahja kniete vor ihr! In der Hand hielt er einen Sack, von dem er sie offenbar gerade befreit hatte.

Lilli war derartig froh, Jesahja zu sehen, dass sie ihm vor Erleichterung um den Hals fiel. Jesahja drückte sie ganz fest, als wolle er ihr ohne Worte sagen, dass alles wieder gut werden würde.

»Danke«, brachte Lilli erstickt hervor. Ihre Stimme war nicht mehr als ein Flüstern. »Wo sind wir?« Ängstlich sah sie sich um. Sie befanden sich in einer Art Zimmer. Hinter ihr war ein alter Schrank mit einer Küchenzeile, neben ihr ein Tisch mit einer hufeisenförmigen Eckbank. Die Bank hatte ein hässliches, kariertes Polster, das einen moderig-staubigen Geruch verströmte.

»Ich glaube, wir sind in einem Wohnwagen«, sagte Jesahja, und da fiel es Lilli auch auf. Natürlich! Das hier war ein Wohnwagen! Die Fenster waren allerdings von außen mit großen Pappflächen verhangen, so dass sie nicht nach draußen sehen konnten. Die einzige Lichtquelle war eine nackte Glühbirne, die an der Decke hing.

»Hast du dein Handy dabei?«, fragte Jesahja. In seiner Stimme schwang Hoffnung mit.

Lilli rang nach Luft. »Ja!« Sie griff in die Tasche ihres Anoraks. Aber ihr Handy war nicht da. Jemand musste es ihr abgenommen haben. »Es ist weg …«

Jesahja stöhnte leise und lehnte sich gegen den Schrank. »Meins ist auch weg.«

Da erklang ein leises Jaulen. »Lilli …«

»Bonsai!« Lilli sprang auf und entdeckte Bonsai auf dem hinteren Teil der Eckbank. Er lag flach auf dem Bauch und blickte sie mit trüben Augen an. »Bonsai!«, rief sie noch einmal, drängte sich am Tisch vorbei zu dem kleinen Hund auf die Bank und strich ihm über das zottelige Fell. »Bist du in Ordnung?« Lilli war unendlich froh, dass Bonsai ebenfalls bei ihr war.

»Mir ist komisch im Kopf«, röchelte der Winzling. »Die haben mich müde gemacht!«

»Wer? Wer hat dich müde gemacht?«

»Die mit den Säcken! Die … Sackgesichter!«

»Sackge…« Lilli stockte. »Wie sahen sie genau aus?«

»Wie normale Menschen-Männchen«, wuffte Bonsai mit glasigem Blick. »Mit Nasen … und Ohren!«

Das half Lilli nicht viel weiter.

»Was sagt er?«, fragte Jesahja, der gerade erfolglos versucht hatte, die Wohnwagentür zu öffnen. Lilli übersetzte für ihn. »Also waren es mehrere«, fasste Jesahja zusammen.

Er hatte recht. Das war eine wichtige Information.

Da hörten sie plötzlich ein lautes Schnarchen. »Was ist das?«, ächzte Lilli und riss erschrocken die Augen auf.

Jesahja schaute sich hastig um und hob einen weiteren Sack hoch, der am anderen Ende der Eckbank lag. Darunter kam eine orange getigerte, schnarchende Katze zum Vorschein.

»Schmidti!«, stieß Lilli erleichtert hervor.

»Die Sackgesichter haben Schmidti auch müde gemacht«, murmelte Bonsai.

»Wie haben sie das angestellt?«

Bonsai schnaufte. »Sie haben uns was vor die Schnauzen gehalten, und dann war ich ganz plötzlich total platt.«

Lilli übersetzte wieder für Jesahja.

Der kratzte sich mit düsterer Miene am Hinterkopf. »Das klingt, als seien diese Leute sehr gut vorbereitet gewesen.« Er blickte sie tief besorgt an. »Das war kein spontaner Überfall, Lilli. Wir sind von jemandem entführt worden, der das alles genau geplant hat.«

Lillis Finger gruben sich erschrocken in Bonsais weißes Zottelfell.

»Autsch!«, beschwerte der Winzling sich.

»Tut mir leid, Bonsai, ich hab ein bisschen Angst«, untertrieb Lilli und ließ ihn los.

»Keine Panik!«, beruhigte der Hund sie und wedelte mit dem Schwanz. »Falls die Sackgesichter noch mal auftauchen, belle ich die alle kurz und klein!«

Lilli wollte widersprechen, doch dann überlegte sie es sich anders und sagte: »Das wäre super.«

Midas

Die ganze Nacht über war niemand im Wohnwagen aufgetaucht. Lilli hatte sich auf der alten Eckbank zusammengerollt und war schließlich in einen unruhigen Schlaf voller schlechter Träume gefallen. Jesahja hatte offenbar die ganze Nacht lang auf dem Fußboden gesessen und gegrübelt, denn als Lilli aufwachte, hatte er tiefe dunkle Ringe unter den Augen.

Zum Glück gab es in dem kleinen Wohnwagen auch ein Klo. Als Lilli aus dem engen Toilettenräumchen zurückkam, saß Jesahja am Tisch und hatte den Kopf in die Hände gestützt.

»Meine Eltern machen sich bestimmt tierische Sorgen ...«

Lilli setzte sich zu ihm. »Ich muss auch die ganze Zeit an meine Eltern denken«, sagte sie, und bei dem Gedanken an zu Hause zog sich alles in ihr zusammen. »Mein Papa ist bestimmt halb verrückt vor Angst. Und meine Mutter ...« Lilli bemühte sich, nicht wieder anzufangen zu weinen. »Meine Mutter hat mir immer wieder gesagt, dass ich das Grundstück nicht allein verlassen soll.«

»Manchmal sind wir echt zu leichtsinnig.« Jesahja ließ seinen Kopf noch tiefer in die Hände sinken.

Plötzlich hopste Frau von Schmidt mit empörtem Gesicht auf den Tisch. »Würde mich bitte jemand informieren, wieso wir uns an diesem gänzlich glanzlosen Ort befinden?«, verlangte sie zu wissen. »Hier entspricht rein gar nichts meiner Vorstellung von einem kultivierten Aufenthalt!«, zeterte sie. »Das Mobiliar ist völlig verlottert! Und in der Luft liegt ein grässlicher Muff!«

Lilli seufzte erleichtert. Wenn die Katze sich schon wieder beschweren konnte, ging es ihr gut.

»Hey, Schmidti!« Bonsais Kopf tauchte am

anderen Ende der Tischplatte auf. »Wieder alles fit bei dir?« Er hüpfte auf den Tisch, tippelte heran und schlabberte die Katze überschwänglich ab.

Lilli musste die herzliche Begrüßung der Tiere unterbrechen. »Wir sind entführt worden«, erklärte sie.

»Supi!«, kläffte Bonsai begeistert.

Lilli starrte ihn sprachlos an.

»Entführen ist wie ausführen, oder?«, fragte der Hund und schien unsicher zu werden. »Also … Gassi gehen?«

»Nein! Entführen heißt, jemand hat uns gegen unseren Willen hierhergebracht.«

»Wie bitte?!«, quiekte Frau von Schmidt und wackelte ungläubig mit dem Kopf. »Das ist absolut unangemessen für eine selbstbestimmte Schnurrdame wie mich!« Erzürnt legte sie die Ohren an. »Ich werde nicht einfach so entführt! Das hat keinen Stil!«

»Wer hat das gemacht? Die Sackgesichter?«, wollte Bonsai wissen. »Wieso haben die uns entführt?«

Das hielt Lilli für eine sehr gute Frage.

Im gleichen Augenblick öffnete sich auf einmal

die Tür des Wohnwagens. Lilli stockte der Atem. Sie sah, wie Jesahja sich versteifte und seine Hände sich vor Anspannung um einen Zipfel der alten Tischdecke krampften.

Ein großer, dicker Mann trat ein. Er trug einen piekfeinen Anzug und hatte kleine, stechende Augen. Auf seinen schmalen Lippen lag ein Lächeln. Dieses Lächeln schien jedoch eigenartig unpassend, als gehöre es nicht dorthin.

»Ihr seid wach! Das ist gut«, begrüßte er sie in freundlichem Ton.

Da brummte Bonsai: »Wer ist das? Der gefällt mir nicht. Soll ich den kurz und klein bellen?«

In diesem Moment hielt Lilli das allerdings für keine gute Idee mehr. Aber sie antwortete dem Hund nicht, denn sie brachte keinen Ton heraus.

Als der Mann Bonsai brummen hörte, blickte er rasch zu Lilli und sagte warnend: »Der Hund sollte mich besser nicht anfallen!«

Lilli starrte schweigend zurück.

Plötzlich lachte der Mann. »Na ja, so dumm seid ihr bestimmt nicht.« Sein Gelächter klang so spitz, als hätte es viele kleine Stacheln. »Habt ihr Hunger?«, fragte er und betrachtete sie mit einem offenbar fürsorglich gemeinten Lächeln. Lilli erwiderte sein Lächeln nicht. Hunger hatte sie allerdings durchaus ...

Da knurrte ihr Magen lautstark.

Der Mann lachte abermals und nickte ihnen zu, als seien sie gute Freunde. »Alles klar! Dann bringen wir euch lieber mal Frühstück.« Er trat zur Tür hinaus und rief: »Die Kinder brauchen was zu essen!«

Lilli und Jesahja saßen bewegungslos da. Auch die Tiere beobachteten den Mann nur mit großen Augen.

Gleich darauf kam er zurück. In der Hand hielt er ein Tablett mit Toast, Butter, Marmelade und zwei Bechern mit dampfendem Kakao. Selbst Näpfe mit Futter und Wasser waren dabei! Der Mann stellte das Tablett auf dem Tisch ab und setzte sich zu ihnen. »Greift zu!«, forderte er sie auf.

Lilli und Jesahja rührten sich nicht. Bonsai pirschte sich jedoch vorsichtig an das Tablett heran, schnupperte an einem der Näpfe und begann zu fressen. Lilli hätte ihm das am liebsten verboten, aber das traute sie sich nicht.

»So ist es gut«, lobte der Mann und tätschelte Bonsai den Rücken.

Bonsai zuckte zurück und knurrte: »Nicht anfassen!«

»Beiß mich bloß nicht!«, rief der Mann erschrocken und hob die Hände. Dann lachte er plötzlich wieder. »Schon gut. Es ist ja kein Wunder, dass ihr misstrauisch seid. Das wäre ich an eurer Stelle bestimmt auch. Ob Hund oder ob Mensch! Ihr zwei könnt aber ruhig auch etwas essen«, sagte er an Lilli und Jesahja gewandt. Dann griff er nach einem Stück Toast und biss herzhaft hinein. »Ihr könnt mir glauben«, redete er kauend weiter, »ich hätte mir nicht die Mühe gemacht, euch hierherbringen zu lassen, wenn ich euch vergiften wollte.«

Jesahja griff nach einem der Becher und trank den heißen Kakao. Lilli guckte ihm verwundert dabei zu. Hatte dieser Mann Jesahja etwa schon überzeugt?

»Er hat recht«, erklärte Jesahja. »Wenn er uns vergiften wollte, hätte er das gleich gestern machen können.«

»Genau!«, pflichtete der Mann ihm mit breitem Lächeln bei.

Lilli war zwar noch immer misstrauisch, aber sie hatte Hunger. Also nahm sie sich einen Teller, schmierte sich einen Marmeladentoast und biss hinein.

Jesahja tat es ihr nach und begann mit sichtlichem Appetit zu essen.

»Es tut mir leid, dass wir gestern so grob zu euch sein mussten«, fuhr der Mann im Plauderton fort. »Es ging leider nicht anders.«

Lilli und Jesahja beäugten ihn schweigend. Frau von Schmidt hatte sich mittlerweile auch an einen Napf herangeschlichen und fraß nun ebenfalls.

»Vielleicht sollte ich mich erst einmal vorstellen.« Der Mann schien sich sehr darum zu bemühen, möglichst nett zu klingen. »Man nennt mich Midas.«

Jesahja hob die Augenbrauen. »Midas ist eine mythologische Gestalt ...« Jesahja war hochbegabt, und sein Kopf war wie ein Lexikon. Lilli hingegen hatte keine Ahnung, was eine *mythologische Gestalt* sein sollte. Jemand aus einem Märchen?

»Das ist richtig!«, bestätigte Midas strahlend. »Du bist wirklich sehr schlau, mein Junge.«

Jesahja verzog den Mund. Es gefiel ihm offensichtlich nicht, von diesem Mann »mein Junge« genannt zu werden.

»Du kennst die berühmte Sage!« Midas nick-

SH 1925

te anerkennend. »Sie besagt, dass sich alles, was König Midas berührte, in reines Gold verwandelte«, berichtete er und lächelte verschmitzt. »So jemand bin ich auch. Ich bin ein sehr erfolgreicher Geschäftsmann, müsst ihr wissen. Alles, was ich anfasse, wird praktisch zu Gold.« Er strahlte und zeigte seine perfekten, perlweißen Zähne. »Und deswegen bist du hier, meine liebe Liliane.«

Lilli blieb der Bissen Toast im Hals stecken, an dem sie gerade gekaut hatte.

»Ich habe im Fernsehen und in den Zeitungen genau verfolgt, was über dich berichtet wird. Und ich glaube, deine Gabe könnte die Welt verändern, liebe Liliane.«

Lilli würgte den Bissen krampfhaft hinunter. Die Art, wie Midas »liebe Liliane« sagte, gefiel ihr ganz und gar nicht.

Da fragte Jesahja: »Sie möchten Lillis Gabe also für sich nutzen?«

Lillis Rücken versteifte sich. Darum ging es hier?

»Du bist wirklich außergewöhnlich schlau«, murmelte Midas und musterte Jesahja mit stechendem Blick. Einen Augenblick später setzte er jedoch schon wieder seine Maske aus Freundlichkeit auf. »Sagen wir doch einfach, es wäre toll, wenn Liliane mir helfen würde, ihre wunderbare Gabe für einen guten Zweck zu nutzen.«

»Ich soll für Sie mit Tieren sprechen?«, fragte Lilli mit sehr kleiner Stimme.

Midas schüttelte betont wohlwollend den Kopf. »Nein, mein Kind. Darum geht es nicht.«

Lilli zog verwirrt die Stirn in Falten.

»Ich möchte, dass du mir hilfst, Pflanzen zum Wachsen zu bringen.« Midas lächelte wieder dieses breite, falsche Lächeln.

Jesahja schien ebenso irritiert zu sein wie Lilli. »Es geht um Pflanzen?«

»Ja. Wisst ihr, ich habe eine wunderbare Idee – eine Vision!« Midas strahlte. »Aber um diese Vision verwirklichen zu können, brauche ich Liliane.«

Lilli verstand nun gar nichts mehr. Sie hatte keinen blassen Schimmer, was eine *Vision* war. Was wollte dieser Mann von ihr?

»Ich werde es euch zeigen.« Midas stand auf. »Folgt mir.«

Das Camp

Lilli und Jesahja tauschten einen schnellen Blick. Es blieb ihnen gar nichts anderes übrig, als Midas zu folgen. Eigentlich erschien Lilli die Aussicht, aus dem engen Wohnwagen herauszukommen, sogar verlockend.

Als Bonsai und Frau von Schmidt sahen, dass Lilli und Jesahja den Wohnwagen verlassen wollten, hüpften sie sofort vom Tisch. »Ich hoffe doch sehr, dass außerhalb dieses garstigen Kastens ein geschmackvolleres Ambiente herrscht«, miezte Frau von Schmidt und eilte hinter Bonsai auf die Tür zu.

Da stellte Midas den Tieren den Fuß in den Weg. »Der Hund und die Katze bleiben hier«, sagte er in einem Ton, der keinen Widerspruch erlaubte.

Lillis Finger verknoteten sich ineinander. Was hatte das nun wieder zu bedeuten? »Aber sie müssen mal!«, wandte sie ein.

»Dafür ist später noch Zeit.«

Ihr blieb keine Wahl. Mit klopfendem Herzen kniete Lilli sich vor die Tiere. »Könntet ihr hier auf uns warten? Wir müssen nur kurz weg.«

Bonsai schnuffte enttäuscht: »Och nö!«, während Frau von Schmidt miezlos und mit miesepetrigem Gesicht auf die Bank sprang und Lilli beleidigt den Rücken zukehrte.

Lilli seufzte. Darum würde sie sich später kümmern.

»Hier entlang«, wies Midas sie nun an, und Lilli und Jesahja folgten ihm nach draußen.

Es war früher Morgen. Die Sonne ging gerade erst auf, und Lilli atmete tief die frische Luft ein. Dann sah sie sich um. Auch von außen wirkte ihr Wohnwagen ziemlich alt und heruntergekommen. Gleich daneben standen zwei weitere Wohnwagen, ein dreckverkrusteter Jeep und ein großes

Zelt. Hier sah es beinahe aus wie auf einem Campingplatz – wäre da nicht die hohe, steile Felswand gewesen, die sich direkt hinter den Wohnwagen erhob. Kahl und grau ragte sie mindestens zwanzig Meter in die Höhe.

Was für ein sonderbarer Ort! Die Wohnwagen-Ansammlung war ein verstecktes kleines Camp, das durch die hohe Felswand bestimmt von niemandem so leicht entdeckt werden konnte. Zur anderen Seite hin wurde das Camp von dicht stehenden Bäumen umschlossen. Sie mussten sich mitten im tiefsten Wald befinden!

Vor den Wohnwagen standen einige Männer in Arbeitskleidung, die Lilli und Jesahja argwöhnisch anstarrten. Lilli wurde mulmig zumute. Wer waren diese Leute? Sie tuschelten in einer fremden Sprache miteinander. War das Russisch?

Midas führte sie nun auf einen schmalen Pfad, der sich durch die Bäume hindurchschlängelte. Schon nach wenigen Schritten lichtete sich der Wald, und sie standen vor einem weitläufigen, brachliegenden Acker. An drei Seiten wurde er von Bäumen eingeschlossen, zur anderen Seite hin begrenzte ihn die hohe Felswand, die sich vom Camp bis hierher erstreckte.

»Dies ist der Ort, an dem ich meine Vision verwirklichen werde!«, verkündete Midas nun und klang beinahe ein wenig gerührt. Sein feiner Anzug wirkte auf dem Acker völlig fehl am Platz, aber Lilli sah nun, dass Midas Gummistiefel unter der schicken Hose trug. »Hier wird das Wunder geschehen!«

»Was für ein Wunder?«, hakte Jesahja nach und schaute sich aufmerksam um.

»Ich werde es euch verraten.« Midas senkte seine Stimme zu einem verschwörerischen Flüstern. »Hier baue ich exotische Früchte an!«, wisperte er. »Bananen! Kokosnüsse! Melonen! Ananas! Mitten in Deutschland!« Seine Stimme bebte vor Begeisterung, und Lilli fragte sich, ob dieser Mann vielleicht verrückt war.

»Ich habe schon Hunderte von Samen pflanzen lassen«, fügte Midas mit leuchtenden Augen hinzu. »Aber die Pflanzen können in dem harten Boden und in der kalten Luft nicht ohne dich wachsen, Liliane.« Er warf ihr einen durchdringenden Blick zu. »Du musst mir helfen.« Seine Augen bohrten sich regelrecht in ihre, als wolle er sie hypnotisieren.

Lillis Kehle war wie zugeschnürt. »Aber ...«,

stieß sie mühsam hervor. »Es ist doch bald Winter!«

»Jetzt wächst nichts mehr …«, kam Jesahja ihr zu Hilfe.

Midas lächelte. »Das wäre normalerweise ein ernstes Problem.« Sein Lächeln wurde breiter. »Aber nicht, wenn man ein Mädchen mit magischen Kräften hat!«

Lilli schüttelte langsam den Kopf.

Midas sprach schon weiter. »Ich habe gesehen, wie du auch jetzt, im Spätherbst, Pflanzen zum Wachsen bringen kannst, meine liebe Liliane. Ich habe dich seit Wochen beobachten lassen! Zwischen all den Reportern sind meine Leute überhaupt nicht aufgefallen!« Er rieb sich die Hände. »Als sicher war, dass du die Macht hast, Pflanzen auch im Herbst ganz nach deinem Willen zu beeinflussen, haben wir die Paparazzi gestern Abend mit einer falschen Liliane Susewind weggelockt.«

Jesahja horchte auf.

»Wir hatten gehofft, dass du irgendwann mit deinem Hund in den Park gehen würdest«, redete Midas weiter, »aber dass du euer Grundstück sofort ohne einen Erwachsenen verlassen hast, war natürlich ein absolutes Glück für uns.« Midas' kleine Augen strahlten. »Und nun bist du hier, liebe Liliane. Du bist der Schlüssel zu meinem Wunder!«

Im Geiste hörte Lilli plötzlich die Stimme ihrer Oma, die ihr sagte, dass ihre Gabe eine große Verantwortung mit sich brachte. Da wurde Lilli klar, dass sie diesem verrückten Mann auf keinen Fall helfen durfte. Das wäre nicht richtig.

»Dieser Acker hier ist nur der Anfang«, fuhr Midas nun voller Energie fort. »Sobald das Obst auf diesem Feld reif ist, bearbeiten wir das nächste!«

»Nein!«, platzte es da aus Lilli heraus. »Das mache ich nicht!«

Midas' Blick verfinsterte sich. »Es wäre sehr schade, wenn du dich widersetzen würdest«, raunte er leise. »Weißt du, ich habe Mittel und Wege, dich dazu zu zwingen. Aber es wäre doch viel netter, wenn du einfach freiwillig mitmachen würdest.«

Lilli sah, dass Jesahja aschfahl wurde. »Was passiert denn, wenn ich … Ihnen nicht helfe?«, presste sie zwischen den Zähnen hervor.

Midas rieb sich das Kinn und machte ein Gesicht, als täte es ihm sehr leid, was er als Nächstes sagen musste. »Ich fürchte, dann muss ich deiner Katze etwas antun. Oder deinem Hund.« Er schüttelte scheinbar traurig den Kopf.

Lilli zuckte zusammen. »Das können Sie doch nicht …«, begann sie, aber ihre Stimme brach weg.

Midas sah sie versöhnlich an. »Das möchte ich natürlich nicht, mein Kind«, säuselte er. »Ich tue das nur im äußersten Notfall – nur dann, wenn du übermäßig trotzig sein solltest. Aber ich glaube, das bist du gar nicht, oder?«

»Lilli kann es ja zumindest mal versuchen«, warf Jesahja ein und blickte sie auffordernd an.

»Das wäre wunderbar!« Midas zeigte seine perfekt weißen Zähne. »Würdest du das tun, Liliane?«

Lilli wollte nein sagen. Sie durfte sich nicht von solch einem Menschen benutzen lassen! Andererseits konnte sie nicht riskieren, dass Bonsai oder Frau von Schmidt etwas zustieß. Das würde sie sich niemals verzeihen! Was sollte sie tun?

»Probier es einfach mal, Lilli«, sagte Jesahja. Die Anspannung war ihm deutlich anzuhören.

Da quetschte Lilli hervor: »Okay.«

»Fein!« Midas klatschte zufrieden in die Hände

und ging ein paar Schritte weiter auf den Acker. Er machte eine Handbewegung, die sie zum Folgen aufforderte und die sie ahnen ließ, wie sehr er es gewöhnt war, dass man seinen Befehlen gehorchte.

Lilli und Jesahja trotteten dem großen, dicken Mann mit verschlossenen Mienen hinterdrein. »Hier habe ich Bananen anpflanzen lassen«, erklärte Midas, ging in die Knie und strich zärtlich mit der Hand über die Erde. »Natürlich sieht man noch nichts. Aber wenn du einmal deine Magie spielen lassen könntest, liebe Lilli, würde bestimmt in Sekundenschnelle ein grünes Stängelchen aus dem Boden hervorschießen!« Erwartungsvoll schaute er sie an.

Lilli zögerte. Alles in ihr sträubte sich dagegen, diesem Mann zu helfen. Da stieß Jesahja ihr leicht den Ellbogen in die Seite, und Lilli ging neben Midas in die Hocke. Angestrengt legte sie die Hände auf die Erde, schloss die Augen und versuchte, sich vorzustellen, dass die kleinen Samen im Boden aufkeimten und zu wachsen begannen.

Doch dieses Mal fühlte Lilli weder die Freude in sich, die sie normalerweise empfand, wenn sie Pflanzen auf diese Weise Energie schickte, noch spürte sie die unbändige Kraft des Lebens, die sonst immer durch sie hindurchzufließen schien. Sie fühlte einfach gar nichts.

»Warum passiert denn nichts?«, hörte sie Midas fragen. Er klang ungeduldig.

»Es geht nicht.« Lilli zog die Hände zurück.

»Was?« Midas' Augen verengten sich. »Wieso nicht?«

Lilli wich ein Stück vor ihm zurück. »Ich glaube, es liegt daran, dass … dass ich mich nicht wohl fühle«, versuchte sie zu erklären.

»Wie bitte?«

»Pflanzen reagieren am stärksten auf mich, wenn ich lache«, sagte Lilli leise. »Das bedeutet, dass die Wirkung davon abhängt, wie ich mich fühle. Es klappt am besten … wenn es mir gut geht.«

»Und das soll ich dir glauben?« Midas starrte sie unverhohlen verärgert an.

Hinter ihrem Rücken ballte Lilli hilflos die Fäuste. »Wenn ich zu etwas gezwungen werde, was ich eigentlich gar nicht machen will, geht es mir nicht gut, und dann klappt es eben nicht!«, rutschte es ihr heraus. Dann erst merkte sie, dass Jesahja kleine warnende Bewegungen mit der Hand machte.

»So ist das also«, murmelte Midas. Aus seiner Stimme war jegliche Freundlichkeit verschwunden.

Jesahjas warnende Handbewegungen verstärkten sich.

Lilli schluckte. »Ich könnte es aber noch mal versuchen«, schlug sie vor. »Vielleicht …«

»Was?«

»Also … wenn ich die Tiere dabeihaben könnte, würde ich mich wohler fühlen. Wenn sie hier wären, ginge es bestimmt!«

Midas schien die Situation abzuwägen. Nach einem kurzen Moment des Zögerns griff er in die rechte Innentasche seines Anzugs, zog ein Mobiltelefon hervor und tippte eine Nummer. »Bring die Tiere her«, sprach er in den Hörer. »Aber stell sicher, dass sie für niemanden zur Gefahr werden können.«

Lilli fragte sich, was er damit meinte. Dann bemerkte sie, dass Jesahja sehnsüchtig auf Midas' Handy starrte. Sie ahnte, was er dachte: Wenn sie an dieses Handy herankämen, könnten sie damit ihre Eltern oder die Polizei anrufen.

Kurze Zeit später kam einer von Midas' Männern auf den Acker gestapft. Unter dem rechten

Arm trug er ein zotteliges weißes Fellbündel. »Bonsai!«, stieß Lilli hervor und war erleichtert, ihn zu sehen. Der Hund hatte irgendetwas im Gesicht ... einen Maulkorb! Man hatte Bonsai einen Maulkorb angelegt!

»Ey, lass mich runter, Sackgesicht!«, kläffte der Hund. »Du bist der, der mich gestern müde gemacht hat, Blödmann!«

Lilli sah sich den Mann nun genauer an. Er hatte ein mürrisches Gesicht und einen ungepflegten, dunklen Bart. Seine Kleidung war schmierig und voller Flecken. Unter dem linken Arm trug er ein orange getigertes, sich windendes Etwas: Frau von Schmidt! Die Pfoten der Katze steckten in merkwürdigen ... Überziehern. Waren das Pfotenschuhe, die verhindern sollten, dass sie jemanden kratzte?

Da hörte Lilli die Katze fauchen. »Das ist wahrhaft ungeheuerlich! Was für eine bodenlose Unverschämtheit! Wissen Sie überhaupt, mit wem Sie es hier zu tun haben, Sie hohlköpfiger Schurke, Sie!«

Das wusste der Mann natürlich nicht. Finster dreinschauend stiefelte er heran und setzte die Tiere auf dem Boden ab.

»Danke, Oleg«, sagte Midas mit falscher Freundlichkeit. Dann machte er eine wegschiebende, ungeduldige Handbewegung.

Oleg drehte sich ohne ein Wort um und trampelte in seinen schweren Stiefeln davon.

Währenddessen sprang Bonsai schwanzwedelnd an Lilli hoch und hechelte: »Lilli! Kannst du das doofe Ding aus meinem Gesicht wegmachen? Ja? Das stört voll.«

Frau von Schmidt betrachtete derweil mit zurückgeklappten Ohren die dicken Überzieher an ihren Pfoten. »Wenn das jemals bekannt wird, ist mein Ruf für alle Zeiten ruiniert …«, stieß sie voller Entsetzen hervor.

Lilli hätte die Tiere am liebsten auf der Stelle von Maulkorb und Pfotenschuhen befreit, aber das wagte sie natürlich nicht. Stattdessen vergrub sie ihr Gesicht tief in Bonsais Fell und drückte den kleinen Hund fest an sich. Der vertraute Geruch von Bonsais Zotteln war tröstlich.

»Alles okay, Lilli?«, hechelte Bonsai besorgt.

Da holte Lilli tief Luft, legte ihre Hände erneut auf die Erde, schloss die Augen und stellte sich vor, wie sie zu Hause mit ihrer Familie am Küchentisch saß. Alle lachten und aßen Waffeln mit heißen Kirschen und Schlagsahne. Bei der Vorstellung wurde Lilli ganz warm ums Herz, und plötzlich spürte sie, wie sich im Boden etwas regte. Sie öffnete die Augen und sah einen kleinen grünen Halm, der sich langsam aus der Erde herausarbeitete. Gleich darauf zeigten sich ein Stück weiter ein zweiter und ein dritter Stängel – winzig kleine Bananenstauden, die sich ihren Weg ans Tageslicht erkämpften.

»Oh!«, hörte sie Midas entzückt ausrufen. »Es ist ein Wunder!« Er rieb sich die Hände. »Ich bin einfach genial – der größte Wundermacher aller Zeiten!«

Lilli spürte Wut in sich aufsteigen, und im selben Moment hörten die Stängel auf zu wachsen. Sie zog eine Grimasse. »Ich glaube, mehr geht im Augenblick nicht.«

Midas wirkte zwar enttäuscht, doch er nickte. »Nun gut, das muss für den Anfang wohl reichen. Aber es werden ja noch so viele Wunder folgen! Ach!« Er fasste sich ans Herz.

Dieser Mann war dermaßen merkwürdig, dass es Lilli völlig die Sprache verschlug.

»Gehen wir doch erst mal zum Wohnwagen zurück«, schlug Midas nun in beschwingtem Ton vor. »Wir können es ja heute Nachmittag noch mal versuchen.« Freudig erhob er sich und spazierte in seinem Anzug und den Gummistiefeln voraus, zurück zum Camp.

Lilli folgte ihm, und Bonsai und Frau von Schmidt schlossen sich ihr an. Die Katze hatte sichtlich Probleme, in den Pfotenschuhen zu laufen. Breitbeinig und ohne jede Eleganz watschelte sie daher.

Lilli grübelte. Gab es denn keine Chance, zu entwischen? Sollten sie vielleicht einfach loslaufen und zum nahe liegenden Waldrand flüchten? Aber nein, Midas' Männer würden sie sofort verfolgen, und falls sie geschnappt würden, mussten Bonsai oder Frau von Schmidt für den Fluchtversuch bezahlen … Lilli bekam eine Gänsehaut. Da blieb ihr Blick plötzlich an etwas in der steilen Felswand hängen. Was war das? Lilli kniff die Augen zusammen. War da etwas auf dem kleinen Felsvorsprung, hoch über ihren Köpfen? Lilli sah ganz genau hin. Dann überlief es sie heiß und kalt zugleich.

Auf dem Felsvorsprung stand ein Wolf.

Lilli blieb die Spucke weg. Täuschte sie sich? Nein, kein Zweifel, es war wirklich ein Wolf.

Allerdings schienen weder Midas noch Jesahja das Tier bemerkt zu haben.

Lilli konnte es kaum fassen. Wie war das nur möglich? Im Wald gab es doch gar keine frei lebenden Wölfe! Oder doch?

Der Wolf war relativ groß und hatte graues Fell und helle Augen. Er sah Lilli mit einem Blick an, der ihr durch Mark und Bein ging. Es schien ihr beinahe, als habe dieser Wolf verstanden, dass sie sich in Gefahr befand.

Dann gingen Midas und Jesahja wieder den Trampelpfad durch das kleine Waldstück entlang, und Lilli musste sich beeilen, um nicht den Anschluss zu verlieren. Als sie auf der anderen Seite beim Camp herauskamen, schaute Lilli so unauffällig wie möglich wieder zu dem Felsvorsprung empor. Doch der Wolf war fort.

Zusammenhalten

Midas brachte Lilli und Jesahja zum Wohnwagen zurück und schloss die Tür von außen ab.

»Es widerstrebt mir gänzlich, mich wieder in dieser stümperhaft gestalteten Räumlichkeit aufhalten zu müssen!«, entrüstete sich Frau von Schmidt. »Dieser Ort ist noch nicht einmal eine Räumlichkeit!«, schnaubte sie. »Dieser Ort ist allein schon als Ort ein völliger Versager!«

Lilli zog der Katze vorsichtig die Pfotenschuhe aus, während sie schimpfte. Ob Midas etwas dagegen hatte, war ihr in diesem Moment egal.

Bonsai wuffte unterdessen: »Doofe Bruchbude.

Doofe Sackgesichter. Doofer Schnauzen-Zaun.« Unzufrieden hakelte er mit der Pfote nach seinem Maulkorb.

Jesahja fragte, was die zwei sagten, und Lilli antwortete: »Sie finden es hier schrecklich.«

Jesahja stöhnte: »Geht mir genauso!«

Lilli untersuchte Bonsais Maulkorb. Wie ging das Ding nur ab?

»Lass den lieber dran«, riet Jesahja.

Lilli hielt inne. »Willst du eigentlich alles machen, was Midas sagt?«, fragte sie unvermittelt. »Auch, wenn es sich total falsch anfühlt?«

Jesahja lachte bitter. »Lilli! Wir haben es hier ganz offensichtlich mit einem gerissenen Kriminellen zu tun!«, entgegnete er. »Du warst eben ganz schön frech zu Midas! Als wärst du lebensmüde! Das war kaum auszuhalten.«

Lilli verschränkte abwehrend die Arme vor der Brust. »Midas ist doch total übergeschnappt!« Plötzlich war sie richtig wütend. »Wie er manchmal gelacht hat, und wie er grinst! Als wäre er verrückt!« Sie verkniff zornig das Gesicht. »Diese exotischen Pflanzen hier anzubauen ist doch eine bescheuerte Idee! Warum will er das machen? Man kann Bananen doch im Supermarkt kaufen!«

Jesahja verdrehte die Augen. »Hast du das wirklich nicht kapiert?«

Lilli schob das Kinn vor. Jesahjas herablassender Ton verletzte sie.

»Wenn man Melonen, Kokosnüsse, Ananas oder Bananen in Deutschland anbauen könnte, müsste man sie nicht erst aus weit entfernten Ländern herbringen, um sie hier verkaufen zu können«, sprach Jesahja weiter. »Sie herzubringen kostet viel Geld! Wenn man sich das sparen könnte, würde man ziemlich reich werden. Und wenn man die Pflanzen zusätzlich auch noch in extrem kurzer Zeit wachsen lassen könnte, würde man superreich werden.«

Lilli starrte stur ins Leere. Über so etwas hatte sie nicht nachgedacht. Auf solche Sachen kam natürlich wieder nur der superschlaue Jesahja ...

Da bellte Bonsai: »Lilli! Ihr redet so komisch! Und du guckst richtig böse!«

Lilli schaute Bonsai verwundert an. Dann wurde ihr klar, dass der Hund wahrscheinlich recht hatte, und sie versuchte, ihr Gesicht zu entspannen. Jesahja und sie stritten sich so gut wie nie. Deshalb war Bonsai es nicht gewohnt, dass sie sich derartig angifteten. Aber warum stritten sie sich eigentlich?

Lilli warf Jesahja einen verstohlenen Blick zu. Mit grimmiger Miene saß er am Tisch. Er war blass, und die dunklen Ringe unter seinen Augen hatten sich noch vertieft. »Bist du müde?«, fragte sie.

Jesahja sah auf, scheinbar erstaunt über ihren versöhnlichen Tonfall. Dann sackten seine Schultern nach unten. »Ja«, gab er zu und rieb sich die Augen.

»Wir sollten uns nicht streiten.« Lilli stand auf und setzte sich zu ihm. »Wir müssen doch zusammenhalten ...«

Jesahja nickte müde. »Du hast recht. Wir sind wahrscheinlich nur total angespannt und haben Angst. Und wenn man Angst hat, lässt man seine Gefühle schnell an anderen aus und wird wütend auf jemanden, der gar nichts dafür kann.« Er klang sehr erwachsen und klug. So klang er meistens. So war er nun einmal! Lilli lächelte und legte ihm die Hand auf den Arm.

Jesahja lächelte zurück. Leise sagte er: »Das wird schon wieder. Irgendwie ...«

In diesem Augenblick öffnete sich die Tür des Wohnwagens und Midas kam wieder herein. Gleich hinter ihm stapfte der mürrische Oleg, der den ganzen Arm voller Zeug hatte – Decken,

Kissen und Matten. »Wir würden es euch gern ein bisschen gemütlicher machen«, schleimte Midas mit breitem Lächeln, während Oleg das Zeug auf der Bank ablud, wieder nach draußen stiefelte und mit einer Tüte voll Badezimmersachen zurückkam: Zahnbürsten, Zahnpasta, ein Kamm, Waschlappen, Handtücher und Seife.

»Wir möchten, dass ihr euch hier wie zu Hause fühlt«, tönte Midas. »Ihr sollt alles bekommen, was ihr braucht.«

Kaum hatte Oleg alles ausgepackt, ging er erneut nach draußen und kam nacheinander mit einer kleinen Heizung, einem Katzenklo und ein paar Anziehsachen zum Wechseln wieder herein. Dann stellte er Näpfe mit frischem Futter und Wasser auf den Boden.

»Solange die Tiere hier im Wohnwagen sind, könnt ihr ihnen die Kratzstopper und den Maulkorb ruhig abnehmen«, sagte Midas großzügig und stellte dann fest, dass die Katze gar keine Überzieher mehr trug. Seine Augen verengten sich ein wenig, als ärgere er sich, dass Lilli sie abgenommen hatte, ohne ihn zu fragen. Aber dann riss er sich sichtlich zusammen und setzte wieder sein falsches Lächeln auf.

Bonsai, der sich unter der Eckbank versteckt hatte, als Midas hereingekommen war, tapste nun mit vorgestreckter Nase heraus und schnüffelte vorsichtig in Richtung des Futters. Lilli kniete sich hin und befreite ihn mit ein wenig Zerren und Schieben von dem Maulkorb. Der Hund kommentierte das mit einem erfreuten »Geht doch!«, tauchte gleich darauf in einem der Näpfe unter und begann mit vollem Einsatz zu fressen. Frau von Schmidt sprang leichtfüßig von der alten Herdplatte, von der aus sie alles beobachtet hatte, und gesellte sich schicklich futternd zu Bonsai.

Da kam Oleg abermals herein. In der Hand hielt er zwei Teller mit dampfenden Pizzas. Wortlos ging er zum Tisch und stellte die Teller dort ab. »Wir lassen euch jetzt mal ein bisschen Zeit, damit ihr essen und euch einrichten könnt.« Midas machte eine kleine Handbewegung, die Oleg sofort aus dem Wohnwagen vertrieb, und fügte hinzu: »Später können wir dann ja noch mal zum Acker gehen.« Er bleckte seine perlweißen Zähne, ging hinaus und schloss sorgfältig die Tür ab.

Lilli und Jesahja blickten einander kurz an, dann machten sie sich über die Pizzas her.

»Midas scheint verstanden zu haben, wie wichtig es ist, dass es dir gutgeht«, nuschelte Jesahja mit vollem Mund.

Da hörte Lilli auf zu essen und senkte den Kopf. »Ich muss dir etwas sagen«, brachte sie kleinlaut hervor. »Ich glaube nicht, dass ich mich hier jemals so wohl fühlen könnte, dass die Sache mit den Pflanzen richtig funktioniert«, gestand sie. »Ich kriege vielleicht ein paar Stängelchen hin ... und, wenn ich mich anstrenge, vielleicht auch ein oder zwei große Pflanzen. Aber den ganzen Acker schaffe ich bestimmt nicht!« Dieser Gedanke hatte ihr seit dem Morgen Sorgen bereitet. »Wenn ich Angst habe, ist es wirklich schwierig, die Pflanzen zum Wachsen zu bringen ...«

Jesahja hatte das offenbar bereits geahnt. Er nickte. »Das darfst du Midas auf keinen Fall verraten.«

Lilli sah ihn verunsichert an.

»Wenn Midas begreift, dass du ihm nicht massenhaft Felder voller Pflanzen herbeizaubern kannst, hast du keinen großen Wert mehr für ihn.« Jesahja schien ihr diese Tatsache schonend beibringen zu wollen.

Lilli wurde dennoch eiskalt. Was würde Midas

dann mit ihnen machen?, ging es ihr durch den Kopf, aber sie fragte Jesahja nicht danach, denn sie hatte Angst vor der Antwort.

Die Wächter

Wenig später holte Midas sie ab, und sie wanderten ein zweites Mal zum Acker. Auf dem Weg dorthin fiel Lilli auf, dass erstaunlich viele Vögel in den Bäumen zwitscherten. Und das, obwohl es bereits Spätherbst war! Die meisten Vögel mussten schon längst in Richtung Süden davongeflogen sein. Aber es schien beinahe, als hätten sich sämtliche Vögel, die noch im Wald waren, um das Camp herum eingefunden. Außerdem bemerkte Lilli mehrere Eichhörnchen, die in den Bäumen herumhuschten, und wunderte sich, so viele auf einem Fleck zu sehen. Hatte das womöglich etwas mit ihr zu tun? Sogar ein kleiner Igel wanderte im Unterholz neben ihnen her. Lilli wagte es aber nicht, irgendeines der Tiere anzusprechen.

Als sie den Acker erreichten, waren dort einige von Midas' Männern damit beschäftigt, weitere Samen anzupflanzen. Über das ganze Feld verteilt hockten sie auf dem harten Boden und gruben, harkten oder gossen die Erde.

Ein flaues Gefühl breitete sich in Lillis Magen aus. Was würde Midas tun, wenn es nicht klappte? Zum Glück waren Bonsai, Frau von Schmidt und Jesahja bei ihr. Obwohl die Katze und der Hund wegen der Pfotenschuhe und des Maulkorbs, die sie außerhalb des Wohnwagens tragen mussten, unaufhörlich murrten, fühlte Lilli sich in ihrer Gegenwart viel wohler. Jesahjas Anwesenheit war für sie fast noch wichtiger als die der Tiere. Glücklicherweise hatte Midas ihn wie selbstverständlich wieder mit zum Acker genommen.

»Dann probier es doch noch mal, mein liebes Kind«, flötete Midas nun erwartungsvoll. »Es geht dir doch gut, nicht wahr?«

Lilli hätte am liebsten verneint, aber das hätte nichts gebracht. Mit gesenktem Kopf setzte sie sich auf den kalten Boden, legte die Hände auf die Erde und versuchte, sich zu konzentrieren. Doch sie war völlig verkrampft. Als ihr nach einer Weile klar wurde, dass sie noch nicht einmal einen kleinen Stiel hervorbringen würde, beschleunigte sich vor Nervosität ihr Herzschlag, und kurz darauf pochte und kribbelte es unangenehm in ihrem ganzen Körper. Lilli wusste, dass sie in diesem Zustand erst recht keinen Einfluss auf die Pflanzen hatte. Aber je länger sie darüber nachdachte, dass sie unbedingt sofort aufhören musste, Angst zu haben, desto schlimmer wurde es.

Nach einer Weile stöhnte Midas. War er genervt? Lilli riskierte einen Blick. Midas' Gesicht war eine angestrengt lächelnde Fratze. Nun kniete er sich neben sie und zog sein Handy aus der Tasche. Ein paar Mal tippte er darauf herum und hielt Lilli dann das Display vor die Nase. Auf dem kleinen Bildschirm war ein Cartoon zu sehen. Eine wild fiepende Maus lief vor einer zähnefletschenden Katze weg, bis die Katze ihr schließlich eins mit einer Pfanne überbriet, woraufhin das Gesicht der Maus platt wurde wie eine Flunder.

Midas kicherte schrill. »Witzig, nicht?« Offenbar wollte er Lilli zum Lachen bringen. Solche Cartoons fand sie allerdings überhaupt nicht lustig. Mühsam zog sie einen Mundwinkel in die Höhe, da zeigte Midas ihr schon das nächste Trickfilmchen, das ebenso wenig witzig war wie das erste. Midas kicherte wieder und stieß Lilli in die Seite, um sie zum Mitlachen zu bringen.

Lilli warf Jesahja einen verzweifelten Blick zu, aber der kratzte sich nur fieberhaft am Hinterkopf.

Midas lachte lauter und stieß Lilli abermals in die Seite.

»Ich kann nicht!«, schoss es aus Lilli hervor. »Es geht nicht! Ich habe zu viel Angst!«

Midas' Gesicht verfinsterte sich. »Fehlt es dir an irgendetwas, meine liebe Liliane?«, fragte er mit schmalem Mund. »Kann ich dir noch irgendetwas bringen lassen, damit du dich wohler fühlst?«

Lilli traten Tränen in die Augen. »Ich will nach Hause«, flüsterte sie erstickt.

Midas stand ruckartig auf und zog sein Jackett mit einer viel zu heftigen Bewegung zurecht. »Wir probieren es einfach später noch mal«, sagte er in unterdrückt bissigem Ton. »Ich bin dir nicht böse«, fügte er mit falschem Lächeln hinzu, aber man hörte ihm deutlich an, dass er ihr durchaus böse war. »Oleg!«, brüllte er im nächsten Augenblick. »Bring die Kinder zum Wohnwagen!«

Oleg, der ganz in ihrer Nähe gearbeitet hatte, kam zu ihnen herüber. Sein Gesicht war mürrisch wie immer. Man konnte sich kaum vorstellen, dass dieser Mann hinter seinem dunklen Bart jemals lächelte. Oleg würdigte die Kinder keines Blickes und stapfte zurück in Richtung Camp. Lilli folgte ihm mit hängendem Kopf. Bonsai und Frau von Schmidt zockelten neben ihr her, und Bonsai stellte leise fest: »Die komischen Fuß-Säckchen lassen Schmidti voll holprig herumhoppeln.«

Da hörte Lilli Jesahja, der hinter ihr ging, plötzlich murmeln: »Was ist das denn? Steht da oben ein Hund?«

Lillis Kopf fuhr hoch. Auf dem Vorsprung in der steilen Felswand stand er wieder – der Wolf! Lillis Herz begann erneut schnell zu klopfen, doch diesmal vor Aufregung. Wegen ihres Streits hatte sie vollkommen vergessen, Jesahja von dem Wolf zu erzählen! Sie hatte in dem ganzen Chaos sogar fast vergessen, dass der Wolf da gewesen war. Aber nun stand er wieder dort oben, ruhig und stark, und schaute mit wachsamem Blick zu ihr herunter.

»Das ist ein –«, rief Jesahja, aber Lilli legte

schnell den Finger auf die Lippen und machte »Schhh!«

Oleg, der einige Meter vor ihnen hermarschierte, hatte den Wolf offenbar noch nicht bemerkt, ebenso wenig wie die anderen Männer auf dem Feld. Das graue Fell des Wolfes fiel vor dem grauen Fels kaum auf.

Jesahja verstummte sofort, starrte aber weiter fasziniert zu dem Vorsprung hinauf.

Als Oleg sich kurz darauf zu ihnen umdrehte, guckten Jesahja und Lilli schnell auf den Boden. Doch die Blicke des Wolfes konnte Lilli noch immer fühlen.

Kaum waren sie wieder allein im Wohnwagen, fuhr Jesahja sich mit beiden Händen an den Kopf. »Das gibt's ja gar nicht! Da oben steht ein echter Wolf!«

»Ja!« Lilli war ebenso aufgeregt wie er. »Ich hab ihn heute Morgen schon gesehen. Da stand er auch auf dem Felsvorsprung. Er muss irgendwie dahingeklettert sein.«

»Lebt er hier?« Jesahja schüttelte ungläubig den Kopf. »Ich habe zwar gelesen, dass es einige frei lebende Wölfe in Europa geben soll, aber nicht hier bei uns! Oder doch?« Überlegend hielt er inne. »Keine Ahnung. Aber eines weiß ich: Der Wolf ist bestimmt deinetwegen hier, Lilli!«

»Der Wolf … ist gut«, antwortete Lilli unbeholfen. »Ich glaube, er … wacht über mich. Er scheint zu wissen, dass ich gefangen gehalten werde. Zumindest habe ich das Gefühl.«

Jesahja sog laut die Luft ein, als sei ihm gerade etwas klargeworden.

»Was?«

»Lilli!« In Jesahjas Augen funkelte es. »Der Wolf ist ein Raubtier! Ein großes, gefährliches Raubtier!«

»Er tut mir garantiert nichts …«, begann Lilli, aber das Funkeln in Jesahjas Augen ließ sie verstummen. Dann dämmerte es ihr. »Meinst du …« Sie blinzelte hektisch. »Meinst du, der Wolf könnte uns helfen, hier herauszukommen?«

Jesahja grinste. »Genau das meine ich.«

Lilli brachte vor Aufregung kein Wort heraus.

»Der Wolf hat noch gefehlt …«, murmelte Jesahja, kratzte sich am Hinterkopf und blickte abwesend ins Leere.

»Wie meinst du das?«, flüsterte Lilli.

»Ich habe mir etwas überlegt …«, murmelte Jesahja, nun völlig in Gedanken versunken. »Ich habe mir einen Plan zurechtgelegt. Aber er klappte noch nicht richtig. Der Wolf ändert allerdings alles …«

»Was für einen Plan?«

Jesahja schaute auf. »Hast du die ganzen Tiere nicht bemerkt?«

»Meinst du die Vögel, die Eichhörnchen und den Igel?«

»Und die Feldhasen am Rande des Ackers! Und den Iltis, der im Gebüsch hinter den Blättern hervorgeguckt hat! Und den Falken, der über uns gekreist ist!« Jesahjas Augen leuchteten. »Es ist, als hätte sich eine ganze Armee von Tieren rund um das Camp eingefunden!«

Lilli hob erstaunt die Brauen. Hasen? Ein Iltis und ein Falke? Diese Tiere hatte sie gar nicht bemerkt.

»Ich habe die ganze Zeit darüber nachgegrübelt, wie uns die Waldtiere helfen könnten«, fuhr Jesahja fort, »aber Eichhörnchen und Hasen sind nicht dazu geeignet, es mit einer Bande von Verbrechern aufzunehmen.« Er grinste wieder. »Durch den Wolf sieht die Sache allerdings komplett anders aus.«

Lilli hörte Jesahja mit heißen Wangen zu. Dann

runzelte sie die Stirn. »Können wir den Wolf denn einfach einplanen?«

»Du hast doch eben gesagt, du hast das Gefühl, dass der Wolf gut ist. Und dein Gefühl hat dich noch nie getäuscht.«

Lilli stimmte nachdenklich zu. Sie konnte sich zumindest nicht erinnern, dass sie mit ihrem Bauchgefühl jemals danebengelegen hätte.

»Der Wolf würde dir garantiert helfen. Ebenso wie die anderen Tiere. Was denkst du, warum sie hier beim Camp sind?«

»Sie sind meinetwegen hergekommen«, erwiderte Lilli zaghaft.

»Genau! Weil sie fühlen, dass du jemand Besonderes bist, Lilli!«, rief Jesahja. »Weil sie dich … erspürt haben. Und jetzt sind sie hier, um dir beizustehen!«

Lilli nickte wieder. Im Laufe der vergangenen Jahre hatte sie genügend Erfahrungen mit ihrer Gabe gemacht, um zu wissen, dass Tiere ihre spezielle Verbindung zu ihnen einfach fühlten. Deswegen wurde sie oft von Tieren angestarrt oder von ihnen verfolgt. Und wenn es ihr schlechtging, konnte sie alle Tiere – auch fremde! – jederzeit um Hilfe bitten.

PUP
PIEP
Hast du die Tiere nicht bemerkt

»Ja«, sagte Lilli nun. »Ich glaube, wenn ich die Waldtiere fragen würde, wären sie sicher bereit, meine … Armee zu sein.«

»Und der Wolf wäre der Joker!« Jesahja grinste von einem Ohr zum anderen. »Okay … dann werde ich dir jetzt meinen Plan erklären.« Er senkte die Stimme. »Eine Frage ist für die ganze Sache von entscheidender Bedeutung: Glaubst du, Bonsai und der Wolf sprechen dieselbe Sprache?«

Jesahjas Plan

Den ganzen Nachmittag über schliefen Lilli und Jesahja tief und fest – Lilli auf der Eckbank des Wohnwagens und Jesahja auf einer Matte auf dem Fußboden. Zum Glück hatten sie Kissen und Decken. So schlief es sich schon wesentlich besser. Als Oleg einige Stunden später mit einem Tablett hereinkam, schreckten sie auf. Lilli strich sich die roten Locken zurück, die wild nach allen Seiten abstanden, und bevor sie nachdenken konnte, sagte sie: »Hallo, Oleg.«

Oleg reagierte jedoch nicht, sondern stellte hölzern das Tablett mit Brot, Wurst, Käse und

Milch auf dem Tisch ab. Auch für die Tiere hatte er etwas dabei. Sobald er alles hingestellt hatte, stampfte er stumm aus dem Wohnwagen.

Frau von Schmidt tigerte nun auf einen der Futternäpfe zu und maunzte: »Ich bin unschlüssig, ob die Mahlzeiten, die die Angestellten mir hier darbieten, die natürliche Leuchtkraft meines Fells ausreichend unterstützen …« Im nächsten Moment schlang sie jedoch schon begierig den ersten Happen hinunter.

Bonsai hatte seinen Napf bereits nach wenigen Sekunden halb geleert. »Ein super Fresschen«, mampfte er zufrieden.

Jesahja setzte sich in seinem »Bett« auf, schlug die Decke zurück und kam zu Lilli an den Tisch. Er sah schon besser aus. Die dunklen Ringe unter seinen Augen waren verschwunden, aber eine gewisse Angespanntheit war ihm deutlich anzumerken. Lilli ging es nicht anders. Wenn Midas sie gleich noch einmal holen kommen würde, wollten sie Jesahjas Plan in die Tat umsetzen. Bei der Vorstellung begann Lilli, unruhig mit den Fingerspitzen auf den Tisch zu trommeln. Sie durfte gar nicht daran denken, was alles schiefgehen konnte …

Schweigend aßen sie. Dann warteten sie auf

Midas. Lilli wurde derart hibbelig, dass sie auf die Füße sprang und in dem engen Wagen auf und ab ging. Jesahja knibbelte unterdessen nervös an seinem Becher herum.

»Keine Sorge!«, wuffte Bonsai und trippelte neben Lilli her. »Ich werde das Ding schon schaukeln. Du kannst dich ganz auf mich verlassen! Ich rede mit diesem Wolf-Fuzzi!«

Da ging die Tür auf und Midas trat ein – mit gebleckten Zähnen und einer unecht-freundlichen Miene, bei deren Anblick sich Lillis Nackenhaare aufstellten.

»Hallo, ihr zwei!«, rief Midas melodisch. »Na, habt ihr Lust, noch mal ein bisschen Pflanzenwachsenlassen zu spielen?«

Lilli hätte diesem Mann am liebsten ins Gesicht geschrien, dass sie absolut keine Lust dazu hatte, aber sie riss sich zusammen. »Ja, wir können es noch mal probieren«, erwiderte sie beherrscht, und Jesahja stimmte zu.

»Das ist toll!«, jubelte Midas und befahl Oleg, der gleich hinter ihm stand, sich um die »Vorsichtsmaßnahmen« bei dem Hund und der Katze zu kümmern.

Danach ging es wieder hinaus, und Lilli vergaß vor Anspannung beinahe zu atmen. Vorsichtig warf sie einen Blick auf die Felswand, und ihr Herz machte einen Sprung. Der Wolf stand noch immer – oder wieder? – auf dem Vorsprung! Erleichtert atmete sie aus.

»Ist es der Typ da oben?«, hechelte Bonsai und verdrehte sich den Hals. »Ist das dieser Wolf-Fuzzi?«

Lilli schloss die Augen. Sie hatte Bonsai doch eingeschärft, nur kurz und unauffällig zu dem Wolf hochzuschauen! Zu allem Überfluss starrte nun auch noch Frau von Schmidt zu dem Felsvorsprung hinauf.

»Ich muss sagen, dieser Herr von Wolf ist wahrlich eine glamouröse Erscheinung«, schnurrte die Katze. »Geradezu verwegen glamourös!«

Zum Glück gingen Midas und Oleg voraus und bemerkten Bonsais und Frau von Schmidts Blicke nicht. Genauso wenig schien ihnen das Wiesel aufzufallen, das am Rande des Trampelpfades hinter den Ästen eines Strauches saß und sie genau beobachtete – ebenso wie zahllose Singvögel, ein paar Eichhörnchen, ein Bussard und mehrere Tauben, die in den Ästen der Bäume saßen und fragend zu ihnen hinunterblickten.

Da flüsterte Lilli leise: »Ich brauche eure Hilfe! Wartet auf mein Zeichen!« Sie hätte gerne mehr gesagt, aber das traute sie sich zu diesem Zeitpunkt noch nicht. Sie hoffte jedoch, dass zumindest einige der Tiere sie gehört hatten.

Plötzlich blieb Lilli stocksteif stehen. Am Wegrand zwischen zwei Bäumen stand ein Fuchs! Lilli wusste sofort, dass es sich um ein weibliches Tier handelte, obwohl sie nicht hätte sagen können, woran sie das erkannte. Es war eine Rotfüchsin. Das zierliche Tier mit dem dichten Pelz und den spitzen Ohren schaute sie besorgt an. War es ebenfalls hier, weil es Lillis Not gespürt hatte? Die Füchsin machte einen kleinen, unsicheren Schritt auf Lilli zu. »Bist du in Ordnung?«, fragte sie. »Es geht dir nicht gut, oder?«

Da entdeckte Bonsai das hübsche Tier. Überrascht betrachtete er es, hob die Nase in die Luft, schnupperte und bellte: »Hey, Süße!« Dann sprang er lässig auf einen Baumstumpf – wahrscheinlich, um größer zu erscheinen. »Alles paletti, Schätzchen?«

Da drehte Oleg sich zu ihnen um und beäugte den großspurig herumtippelnden Hund. Lilli trat schnell einen Schritt vor und verdeckte damit die

Füchsin. Auf Olegs Stirn bildete sich zwar eine Falte, aber das Tier zwischen den zwei Bäumen hatte er offenbar nicht entdeckt. Nun stiefelte er weiter hinter Midas her.

»Ich brauche auch deine Hilfe«, wisperte Lilli der Füchsin aufgeregt zu. Ein zweites Raubtier – wenn auch ein kleines – war ein Geschenk des Himmels! »Bitte bleib in der Nähe und warte auf mein Signal!«

»Okay«, raunte die Füchsin zurück.

Bonsai richtete die Ohren auf. »Mein lieber Scholli! Du willst uns helfen? Das ist ja scharf!«, schnuffte er und stellte sich auf die Hinterbeine. »Schätzchen, ich glaube, dann sind wir zwei beiden wohl Komplizen.«

Die Füchsin beobachtete verwirrt, wie der winzige Hund mit dem Maulkorb versuchte, auf zwei Beinen die Balance zu halten und enorm groß auszusehen.

Lilli fragte sich, ob Bonsai die Füchsin verstanden haben konnte. Sprachen auch diese beiden dieselbe Sprache? Doch für solche Überlegungen war keine Zeit. »Bonsai!«, flüsterte sie bittend, während sie weiterging. »Konzentrier dich!«

»Ja, klar! Ich bin total konzentriert!«, entgegne-

te Bonsai, hopste mit einem Satz vom Baumstumpf und gaffte die Füchsin dabei ununterbrochen an. »Bis später, Kleines!«, gurrte er locker-flockig, stolperte im nächsten Moment über einen Stein, taumelte, schlug der Länge nach hin und landete mit der Nase im Dreck.

Lilli kicherte leise, und zwischen ihren Füßen schoss ein einzelner Grashalm in die Höhe. Schnell besann Lilli sich jedoch wieder. Die Sache war ganz und gar nicht zum Lachen. Wenn Bonsai sich von der Füchsin ablenken ließ und seinen Teil des Plans nicht ausführte, war alles umsonst!

Bonsai sprang auf und warf der Füchsin einen lässigen Blick zu. Dann schüttelte er sich und trabte mit konzentrierter Miene hinter Lilli her.

Sie kamen auf den Acker. Es dämmerte bereits, und Lilli wurde bei dem Gedanken daran, dass bald die Nacht hereinbrechen würde, ganz schlecht. Jesahja hatte allerdings gesagt, die Dunkelheit würde ihnen bei seinem Plan helfen. Nur noch zwei von Midas' Männern arbeiteten auf dem Feld. Zusammen mit Midas und Oleg waren das aber immer noch vier. Vier große Männer! Würden sie das schaffen? Lilli fröstelte und zog sich den Schal, der unter den anderen Sachen gewesen war, die Oleg ihnen hingelegt hatte, enger um den Hals.

Midas erzählte gerade, wie toll er Lilli und ihre Fähigkeiten fände, aber Lilli hörte ihm nicht zu. Stattdessen sah sie sich unauffällig um. Das laut gezirpte »*Sie ist da drüben!*« eines Vogels und das gepiepste »*Wie sollen wir ihr denn helfen?*« von einer anderen Tierstimme am Rand des Ackers verrieten Lilli, dass ihr die Waldtiere gefolgt waren. Midas und seinen Männern schien das jedoch noch immer nicht aufzufallen. Das lag gewiss daran, dass die Tiere sich in den Bäumen und im Unterholz versteckten und nur hin und wieder irgendwo ein pelziges Hinterteil oder zwei lange Ohren hervorblitzten.

Jesahja schaute sich ebenfalls heimlich um, während Midas in den höchsten Tönen von Lilli schwärmte. Gerade blickte er strahlend auf seinen Acker und sagte, Lilli würde als Pflanzenmagierin bestimmt in die Geschichte eingehen.

Da nickte Jesahja Lilli zu. Lilli reagierte sofort und gab Bonsai das verabredete Handzeichen. Bonsai stellte die Ohren auf. »Jetzt? Soll ich jetzt?«

Lilli zeigte ihm das Handzeichen noch einmal.

»Also dann jetzt, glaub ich«, murmelte Bonsai. Einen Augenblick später ging er in Jagdstellung und tat, als würde er eine Beute anvisieren. Dann flitzte er los.

Midas gab einen Grunzlaut von sich. »Wo läuft dein Hund hin?«, fragte er ungehalten. »Hol ihn zurück!«

»Ich glaube, er jagt eine Maus«, erklärte Lilli so unschuldig wie möglich.

Währenddessen begann Bonsai lauthals zu bellen: »Hey du! Wolf-Fuzzi! Ich darf nicht zu dir hingucken, aber ich meine dich da oben, Rumsteh-Typ! Hör mir mal zu!«

»Hol sofort den Hund zurück!«, wiederholte Midas in schneidendem Ton. »Und sag ihm, er soll still sein!«

»Er kläfft nach der Maus«, log Lilli. »Er will sie unbedingt kriegen.« Dann rief sie mit dünner Stimme: »Bonsai!«

Der Hund bellte jedoch weiter: »Du! Wolf! Lilli ist in Schwierigkeiten! Sie möchte, dass du ihr hilfst. Äh … ach ja, ich soll *bitte* sagen! Also *bitte* komm runter von da oben. Ach so, genau! Am besten so schnell wie möglich, soll ich auch noch sagen.«

Lilli warf einen blitzschnellen Seitenblick auf den Felsvorsprung. Der Wolf war fort! Lieber Gott, lass ihn zu uns herunterkommen!, dachte sie flehentlich.

»Bring den Hund auf der Stelle hierher zurück!«, herrschte Midas Lilli an. Ahnte er, dass irgendetwas vor sich ging?

»Bonsai!«, rief Lilli mit mehr Nachdruck. »Hierher!«

Bonsai drehte nun um und trappelte fröhlich zu Lilli zurück. »Hab dem Typ alles gesagt!« Schwanzwedelnd sprang er an Lilli hoch, um sich streicheln zu lassen.

Da sah Lilli die Füchsin. Sie kam quer über den Acker auf sie zugelaufen! »Dein Hund hat gesagt, dass du in Schwierigkeiten bist!«, bellte die Füchsin voller Sorge. »Ich helfe dir!«

Lilli schloss entsetzt die Augen. Die Füchsin würde allein rein gar nichts bewirken können! Dazu war sie viel zu klein. Solange der Wolf nicht da war, hatten sie keine Chance! Lilli wurden die Knie weich. Jesahjas Plan konnten sie nun vergessen …

Die Tier-Armee

Midas' Augen weiteten sich. »Da ist ein Fuchs!«, ächzte er. Dann riss er die Augen noch weiter auf. »Was ist das denn? Sind das Dachse?«

Lilli folgte Midas' Blick. Hinter der Füchsin überquerten zwei Iltisse und das Wiesel den Acker! Neben ihnen trabte ein dicker Dachs.

Lilli schnappte aufgeregt nach Luft. Die Füchsin kam nicht allein! Doch wieso rannten diese Tiere auf sie zu und die Vögel und Hasen nicht? Wo waren die Tauben und Bussarde?

Neben sich hörte Lilli Jesahja murmeln: »Fuchs, Iltis, Wiesel, Dachs …« Er klang, als würde er aus

Wikipedia zitieren. »... gehören zur Familie der *hundeartigen Säugetiere.*«

In Lillis Kopf arbeitete es. Dann japste sie: »Diese Tiere haben Bonsais Hilferuf alle verstanden! Deswegen kommen sie her und die anderen nicht!«

»Was für einen Hilferuf?«, keifte Midas und rüttelte sie an den Schultern. »Was hat dein Hund gebellt?«

Lilli zuckte zusammen. Midas sah mit einem Mal fuchsteufelswild aus. Sie hatte sich verplappert, und er hatte begriffen, dass etwas vor sich ging! Und die anderen Männer? Die beiden, die auf dem Feld gearbeitet hatten, erhoben sich gerade, staunten die herannahende Füchsin, das Wiesel, die Iltisse und den Dachs an und riefen Oleg irgendetwas zu, das Lilli nicht verstand. Oleg antwortete jedoch nicht und stand nur mit mürrisch-finsterem Gesicht da.

»Ruf sie!«, forderte Jesahja Lilli nun in dringlichem Tonfall auf. »Ruf auch die anderen!«

»Wen?«, schnauzte Midas ihn an. »Was geht hier vor?«

Da holte Lilli tief Luft und schrie: »Ihr Tiere! Ich brauche eure Hilfe! Bitte kommt sofort her!«

Midas' Gesicht wurde puterrot. »Du kleines Miststück!«, zischte er und wirbelte zu Lilli herum.

Doch bevor er Lilli berühren konnte, sprang Bonsai dazwischen. »Angriff! Aufruhr! Alarm!«, kläffte er aus Leibeskräften und stieß wilde Drohgeräusche aus.

Frau von Schmidt war augenblicklich an Bonsais Seite. »Wenn du Madame von Susewind auch nur ein Haar krümmst, du widerlicher Scharlatan, dann wird meine Rache furchtbar sein!«, fauchte sie böse und sah trotz ihrer Pfotenschuhe gemeingefährlich aus.

»Schmidti und ich machen dich fertig!«, pfefferte Bonsai Midas entgegen. »Wir stehen dir sowas von im Weg!«

»Wir kommen auch!«, rief die Füchsin, die, gefolgt von den anderen *hundeartigen Säugetieren,* über den Acker preschte. Der Dachs sah ziemlich wütend aus. »Wer hat dir was getan, Mädchen?«, polterte er. »Der in dem schwarzen Beutel? Dem werd ich's zeigen!«

Lilli bekam einen Schreck. Jesahja hatte eine schwarze Jacke an! »Nein!«, schrie sie dem Dachs zu. »Das hier ist mein Freund!« Hastig legte sie Jesahja die Hand auf die Schulter. »Es ist dieser

Mann hier, der mir was tun will!« Sie wies auf Midas, dessen Gesicht mittlerweile so tiefrot war, dass es fast zu platzen schien.

Da erkannte Lilli, dass ein Stück hinter der Gruppe um die Füchsin eine ganze Horde weiterer Tiere herangaloppierte! Ein Dutzend Eichhörnchen, zahllose Mäuse und Ratten, mehrere Igel und unzählige Hasen stürmten mit lautem Geheul und Gefiepe über den Acker. »Was sollen wir machen?«, piepste ein Igel durchdringend. »Sag uns, was wir machen sollen!«

Da spürte Lilli einen Luftzug und blickte nach oben. Über ihnen schwirrte ein ganzer Schwarm von Vögeln – Tauben, Bussarde, Singvögel, ein Falke und sogar einige Gänse! Als Lilli zu ihnen hochschaute, begannen sie zu trillern und zu kreischen: »Wir sind hier! Wir helfen dir!«

Lilli hätte beinahe angefangen zu weinen. All diese Tiere waren bereit, sich für sie in große Gefahr zu bringen!

Frau von Schmidt hob, ebenso wie Bonsai, nun den Kopf und betrachtete das Gewusel in der Luft. »Ist das die Armee, von der Sie sprachen, Madame?«, miezte sie. »Wirklich überaus eindrucksvoll.«

In diesem Augenblick machte Midas einen Satz nach vorn, packte Lilli, zog sie grob an sich und legte ihr die Hand auf den Mund. »Du hältst sofort die Klappe!«, blaffte er. »Kein Wort mehr!« Lilli winselte auf, und Midas' Hand drückte sich noch fester auf ihren Mund. »Halt dein verdammtes Maul!«

Lilli bekam kaum noch Luft. »Hilfe!«, wollte sie rufen, aber es kam nicht mehr als ein Wimmern heraus. Midas' Hand drückte immer fester zu.

Mit einem Mal ließ Midas von ihr ab. Lilli rang nach Luft und fuhr herum. Wieso hatte Midas sie losgelassen? Dann sah sie es: Midas wurde von den Vögeln angegriffen! Unzählige von ihnen hingen in seinen Haaren und überall an seinem Anzug und pickten nach ihm! Schreiend stand Midas da und fuchtelte mit den Händen herum. Da stürzte der Falke herab und versenkte seine Krallen kreischend in Midas' Schulterpolster. »Lass das Mädchen in Ruhe!«, schrillte er, während ein Bussard seine Krallen in Midas' anderes Schulterpolster hieb.

Midas schrie aus vollem Hals und schlug hektisch nach den Angreifern, die sich jedoch nicht abschütteln ließen.

Im nächsten Moment waren die anderen Tiere da. Die Füchsin erreichte Midas zuerst und zwickte ihn knurrend in die Wade. Der Dachs war gleich hinter ihr. Wutentbrannt röhrte er: »Attacke!« und stürzte sich auf Midas' Knöchel. Das Wiesel und die Iltisse kletterten in Windeseile an Midas hoch und kratzten ihn an den Händen und Ohren.

Bonsai stand neben Midas und plärrte ohrenbetäubend: »Ich bell dich platt!«

Schon waren auch die Eichhörnchen, Ratten, Mäuse und Hasen da und stürzten sich auf den großen, dicken Mann. Midas quiekte wie am Spieß und schüttelte sich, so dass einige der Tiere auf der Erde landeten.

Alles passierte so schnell, dass Lilli kaum klar denken konnte. Sie stand nur da und starrte auf das Durcheinander.

Jesahja zog Frau von Schmidt unterdessen geistesgegenwärtig die Pfotenschuhe aus. »Beeilen Sie sich doch!«, drängte die Katze ihn. »Die Armee wartet auf mich!« Sobald Jesahja sie von den Überziehern befreit hatte, fauchte Frau von Schmidt: »Uaaahhh! Hier kommt meine Rache!« und fuhr ihre Krallen aus. Blitzschnell kletterte sie an Midas' Anzug hinauf und biss den Mann mitten in die Nase.

Midas schrie auf, schlug nach der Katze, ergriff sie am Schwanz und schleuderte sie zu Boden.

Er schäumte nun regelrecht vor Wut. »Drecksviecher!«, brüllte er. »Jetzt zeig ich's euch!« Mit einem zornigen Schrei ließ er sich auf den Rücken fallen und begrub dabei das Wiesel und ein Eichhörnchen unter sich, die an seinem Rücken gehangen hatten.

Lilli erstarrte. Die Tiere waren unter dem dicken Mann eingeklemmt!

Midas rollte hin und her und schlug in blinder Wut um sich. Dabei erwischte er die Füchsin. Seine Hand schloss sich um ihren Hals und drückte zu.

»Ahhh!«, röchelte das kleine Tier.

Midas lachte wie von Sinnen und zerrte die Füchsin noch näher heran. Unerbittlich drückte seine Hand ihren Hals zu.

»Ahhh!« Ihre Augen traten panisch hervor. »Hilfe!«, würgte sie.

Da gellte Lilli: »Aufhören! Sofort aufhören!« Midas würde die Füchsin töten, wenn sie nichts unternahm! »Lasst den Mann in Ruhe! Alle!«

atta
cke
Ahhhh
ich
Bell..
..dich
Platt

Die Tiere ließen sofort von Midas ab und wichen zurück.

»Lassen Sie die Füchsin los!«, verlangte Lilli mit bebender Stimme. »Sie bringen sie ja um!«

Midas setzte sich atemlos auf. Das Wiesel und das Eichhörnchen krochen auf wackeligen Beinen unter ihm hervor und schüttelten sich. Midas' Hand, die voller Kratzer war, lag noch immer um den Hals der Füchsin, aber offenbar hatte er seinen Griff ein wenig gelockert. Die Füchsin schien wieder etwas Luft zu bekommen.

»Verdammte Viecher!«, grunzte Midas, und sein Blick bohrte sich in Lillis. »Wenn die Tiere mich noch mal anfallen, breche ich dem Fuchs das Genick!«

Lilli stockte der Atem. Was sollte sie nur tun? Ängstlich warf sie Jesahja einen Blick zu. Der kratzte sich hektisch am Hinterkopf, schien aber auch nicht zu wissen, wie sie nun reagieren sollten. Mussten sie aufgeben? War ihr Plan gescheitert?

Da sprang plötzlich etwas Riesengroßes zwischen Lilli und Midas. Lilli erschreckte sich so sehr, dass sie ein paar Schritte zurückstolperte. Jesahja wich ebenfalls entsetzt zurück. Was war das?

Dann erkannte Lilli, was vor sie gesprungen war: der Wolf! Er musste sich in der zunehmenden Dunkelheit angeschlichen haben! Er war ein Gigant von einem Wolf, und jeder Zentimeter seines Körpers war aufs Äußerste angespannt. Mit gefletschten Zähnen stand er da und fixierte Midas.

Midas blieb der Mund offen stehen. »O Gott ...«, stieß er hervor.

Der Wolf senkte drohend den Kopf und knurrte: »Lass das Mädchen los!«

Lilli übersetzte. »Er sagt, Sie sollen das Mädchen loslassen ... äh ... die Füchsin!«, stotterte sie.

Midas stieß die Füchsin sofort von sich. Der Wolf schien ihm furchtbare Angst zu machen – aber das war kein Wunder! Die messerscharfen Zähne des riesigen Raubtieres waren gefährlicher als alle Eichhörnchen, Igel und Vögel zusammen!

Hustend und würgend landete die Füchsin auf der Erde. Zu Lillis unendlicher Erleichterung schien sie keinen wirklichen Schaden genommen zu haben. Bonsai war sofort bei ihr und beschnupperte sie fürsorglich.

Der Wolf ließ Midas währenddessen nicht aus den Augen. Gefährlich knurrend stand er vor ihm.

Ohne den Blick von Midas abzuwenden, fragte der Wolf Lilli: »Du brauchst meine Hilfe? Was soll ich tun?«

Lilli war so aufgeregt, dass sie kaum sprechen konnte. »Diese Männer …«, krächzte sie. Erst da fiel ihr ein, dass Midas ja gar nicht der einzige Gegner war! Panisch drehte sie sich nach Oleg um. Der Mann mit dem mürrischen Gesicht stand mit den zwei Arbeitern in einiger Entfernung und hatte die Hände erhoben, als wolle er die anderen beiden davon abhalten, sich einzumischen. Eindringlich redete er auf sie ein. Dann traf sein Blick auf Lillis. Lilli erstarrte. Würde Oleg nun versuchen, sie zu überwältigen, oder war er vielleicht – so unglaublich dieser Gedanke klang! – auf ihrer Seite? War das möglich? Doch warum sonst hatte er Midas bei seinem Kampf mit den Tieren nicht geholfen?

Da machte Oleg mit dem Kinn eine Bewegung in Richtung Waldrand. »Lauf«, schien sein Mund zu sagen, obwohl Lilli seine Stimme nicht hören konnte.

Ihr wurde schwindelig. Oleg würde sie laufen lassen! Die anderen beiden hielt er offenbar zurück. Blieb nur noch Midas! Lilli nickte Oleg zu und wandte sich wieder an den Wolf. »Bitte halte diesen Mann in Schach, bis wir so viel Vorsprung haben, dass er uns nicht einholen kann«, erklärte sie ihm erstickt und zeigte auf Midas.

»Gut«, erwiderte der Wolf mit tiefer Raubtierstimme. »Ich kümmere mich um ihn.«

»Danke«, presste Lilli hervor und spürte vor Aufregung ihre Beine kaum noch. Doch die würde sie nun brauchen!

Jesahja trat an Midas heran. »Geben Sie uns Ihr Handy«, verlangte er in sehr erwachsenem Ton und streckte die Hand aus.

Midas hielt Jesahjas festem Blick einen Moment lang stand, dann sackte er zusammen, griff in seine Tasche und reichte Jesahja sein Handy. Der nahm es und schaute zu Lilli. »Los«, sagte er. Mehr nicht. Aber dieses kleine Wort aktivierte sämtliche Kräfte in Lilli.

Sie holte so tief Luft wie noch nie in ihrem Leben und rannte los.

Im Fuchsbau

Lilli, Jesahja, Bonsai und Frau von Schmidt jagten schnell wie der Wind über den Acker. Die Füchsin und einige Vögel begleiteten sie, aber die meisten der Tiere schienen bei Midas bleiben zu wollen, um den Wolf dabei zu unterstützen, den zornigen Mann im Auge zu behalten.

So schnell sie konnten, sausten Lilli und die anderen über die herbstharte Erde und erreichten bald den Waldrand. Es war schon beinahe dunkel, und im Wald war sogar noch weniger Licht als auf dem Feld, aber man konnte zumindest noch sehen, wo man hintrat. Die Füchsin setzte sich an die Spitze der kleinen Gruppe und rief: »Folgt mir!«

Lilli hatte keine Zweifel, dass die Füchsin wusste, wohin sie rennen mussten, um Midas zu entkommen. So stürzten sie atemlos hinter ihr her und sahen sich immer wieder um, ob jemand ihnen folgte. Doch der Wolf und die anderen Tiere schienen ganze Arbeit zu leisten.

Da es nun sehr schnell dunkler wurde, stolperte Lilli immer öfter. Auch Jesahja hatte merklich Probleme und rief mehrere Male »Mist!« oder »Au!«.

Nach einem langen, ermüdenden Lauf hielt die Füchsin schließlich vor einem Loch im Boden an. »Hier hinein!«, rief sie und blickte sich unruhig um. Das Loch war gerade einmal so breit wie Lillis Schultern und lag am Rande eines Hanges.

»Das ist zu klein!«, japste Lilli, die furchtbare Seitenstiche hatte.

»Es wird drinnen größer!«, versicherte die Füchsin. »Hier drin seid ihr sicher! Kommt rein!«

»Gebongt!« Bonsai schoss an der Füchsin vorbei in das Loch hinein. Gleich darauf hörte Lilli ihn von drinnen bellen: »Hier ist echt viel Platz drin … glaub ich. Es ist tierisch dunkel!« Lilli hörte ein dumpfes *Bums.* »Hier ist die Höhle zu Ende!«, stellte Bonsai fest.

Lilli wartete auf Jesahja. Als er herangelaufen kam, sagte sie: »Wir müssen hier rein!«

»Okay«, keuchte er.

Lilli legte sich flach auf den Bauch und robbte auf den Ellbogen in das Loch. Es war stockdunkel, aber Lilli fühlte, dass der Gang nach ein oder zwei Metern höher und breiter wurde. Sie setzte sich auf und ertastete die Decke, die eine Handbreit über ihr war. Hier drin war tatsächlich genug Platz, dass man sich hinsetzen konnte. Die Wände waren erdig und erstaunlich warm. Da traf Lillis Hand auf etwas Feuchtes. Sie zuckte zurück.

Eine Stimme sagte: »Das war meine Nase.«

»Bonsai!«

»Yo. Ein feines Versteck hat das Schätzchen da, was?«

Eine weniger begeisterte Stimme erklang. »Diese Räumlichkeit scheint recht schlicht und anspruchslos zu sein. Müssen wir uns hier aufhalten? Es mangelt ganz extrem an wohnlicher Raffinesse!«

»Frau von Schmidt?«, fragte Lilli, und gleich

darauf schmiegte sich ein kleiner Pelzkopf an ihre Seite.

»Ja?«, miaute es.

»Wir müssen uns hier verstecken«, erklärte Lilli und kraulte die Katze hinterm Ohr. »Wir können froh sein, dass die Füchsin uns dieses Versteck gezeigt hat!«

»Kein Problem«, hörte sie nun die Stimme der Füchsin. »Das hier ist mein Bau. Ich teile ihn gern mit euch.«

»Das ist echt eine Hammerhöhle, Schätzchen!«, lobte Bonsai. »Der totale Knaller!«

»Ich bin übrigens Fini«, sagte die Füchsin.

»Ich bin Lilli«, antwortete Lilli. Dann stellte sie Bonsai und Frau von Schmidt vor.

»Du kannst mich ruhig Bönselchen nennen«, bot Bonsai Fini an. »Lilli sagt, dass ihr Vater mich auch immer so nennt, wenn er mich gerade besonders mag.«

Lilli hätte nach diesem Angebot gern Finis Gesicht gesehen, aber es war absolut stockfinster.

»Ich nehm dir mal den Maulkorb ab.« Lilli tastete nach Bonsais Kopf und befreite ihn von dem schrecklichen Ding.

»Supi«, freute sich der Hund.

»Jesahja? Wo bist du?«, fragte Lilli und hörte Jesahja antworten: »Bin schon unterwegs.« Es raschelte, als würde er sich gerade ebenfalls durch das enge Eingangsloch schieben, und kurz darauf spürte Lilli eine Hand an ihrem Bein.

»Lilli, bist du das?«, fragte er.

Lilli lachte. »Ja. Hat hier sonst jemand ein Menschenbein?«

Jesahja lachte ebenfalls. Es tat unglaublich gut zu lachen. Da fühlte Lilli, wie unter der Hand, mit der sie sich auf dem Boden abstützte, ein Grasbüschel wuchs. Sie lächelte. Ja, es ging ihr schon wieder besser. Da wurde ihr klar, dass sie es geschafft hatten. Sie waren Midas entwischt! Hier würde er sie auf keinen Fall finden, falls er nach ihnen suchte. Nun würde alles gut werden.

Jesahja setzte sich neben sie. Anscheinend war auch für ihn genügend Platz. »Ich glaube nicht, dass sie uns gefolgt sind«, sagte er. »Ich habe niemanden hinter uns bemerkt. Ich glaube, der Wolf hat Midas mächtig eingeschüchtert.« Lilli konnte in Jesahjas Stimme hören, dass er lächelte. »Ohne ihn hätten wir nicht fliehen können.«

Lilli spürte ein warmes Gefühl der Dankbarkeit

in sich aufsteigen. »Ja, der Wolf war toll. Aber er war nicht der Einzige, der uns geholfen hat.«

»Nein, all die anderen Tiere waren auch eine Riesenhilfe!«

»Ja«, stimmte Lilli zu. »Aber nicht nur Tiere haben uns geholfen. Ich glaube, Oleg hat die anderen beiden Männer davon überzeugt, nichts zu unternehmen, als Midas von den Tieren angegriffen wurde.«

»Was? Im Ernst?« Jesahja klang überrascht. »Ich hab die Männer hinterher gar nicht mehr gesehen …«

»Sie standen hinter uns, am Rand des Ackers. Sie hätten uns aufhalten können, aber sie haben es nicht getan.«

»Das gibt's ja gar nicht! Oleg?« Jesahja lachte erstaunt. »Der Kerl sieht aus wie Räuber Hotzenplotz!«

Lilli kicherte, und das Grasbüschel unter ihrer Hand wuchs noch ein Stückchen. »Er und die anderen beiden sind trotzdem unsere Retter! Unsere *menschlichen* Retter …«

Plötzlich erschien ein kleines Licht in der Dunkelheit. Jesahja hatte Midas' Handy angeschaltet! Das leuchtende Display erhellte den Fuchsbau gerade so weit, dass sie erkennen konnten, dass zwar genug Platz für zwei Kinder und drei kleine Tiere war, aber sonst niemand mehr hereinpassen würde.

Lilli setzte sich auf. »Willst du die Polizei anrufen?«

»Ja.« Jesahja drückte mit konzentriertem Gesicht auf die Tasten. »Wir brauchen Midas' PIN …«

»O nein.«

Doch Jesahja lächelte. »Warte mal.« Er tippte rasch etwas ein und lachte leise auf. »Dachte ich es mir doch. Midas' PIN ist die gleiche Zahl wie auf dem Kennzeichen von seinem Jeep: 1963.«

Lilli staunte, denn sie hatte natürlich nicht auf das Kennzeichen des Jeeps geachtet, geschweige denn sich die Nummer gemerkt!

Jesahja zog auf einmal die Stirn in Falten. »Mist! Hier drinnen haben wir keinen Empfang. Ich geh mal nach draußen.«

»Nein!« Lilli hielt ihn zurück. »Bist du verrückt? Was, wenn Midas uns doch draußen sucht? Was, wenn er dich sieht?«

Jesahja kämpfte offenbar mit sich, dann nickte er. »In der Dunkelheit würde die Polizei uns heute

Nacht sowieso nicht finden. Wir müssen warten, bis es Morgen wird. Dann kriechen wir raus, rufen an, und dann holen sie uns nach Hause!«

»Morgen kommen wir nach …«, seufzte Lilli, doch mitten im Satz brach sie ab. »Heißt das, dass wir hier drinnen übernachten müssen!?«

»Sieht wohl so aus.«

»Ist doch bombig!«, wuffte Bonsai. »Dann kann ich bei dir liegen, Schätzchen«, hechelte er Fini zu.

Fini antwortete: »In Ordnung«, und Bonsai quetschte sich begeistert neben sie in die Ecke.

Frau von Schmidt beobachtete die beiden und wandte sich entrüstet ab. »Schamloses Techtelmechtel! Das ist geradezu eine Belästigung für den klaren Verstand!«, maunzte sie und blickte sich kritisch um. »Dann schlafe ich eben auf Madame von Susewind!«, verkündete sie und kletterte auf Lillis Schoß.

»Aber ich muss mich doch hinlegen!«, beschwerte sich Lilli, setzte die Katze zur Seite und machte sich auf dem Boden lang. Der Fuchsbau war gerade groß genug, dass sie sich ausstrecken konnte. Ihren Kopf bettete Lilli auf das frische Grasbüschel, das weich war und gut roch.

Jesahja schaltete das Handy aus und legte sich neben Lilli. Er schien ein wenig Platz zwischen sich und ihr lassen zu wollen, aber dafür war der Fuchsbau einfach zu eng. Also drehten sie sich beide auf die Seite, Lilli mit dem Rücken an Jesahjas Brust und Bauch, und sagten gute Nacht.

»Ich wünsche Ihnen einen erquicklichen, labungsreichen Schlaf!«, miezte Frau von Schmidt und legte sich quer über Lillis Füße.

Askan

Als Lilli am nächsten Morgen erwachte, lag Jesahjas Arm über ihrer Seite. Vorsichtig schob sie ihn weg, richtete sich auf und stieß mit dem Kopf an die Decke des Fuchsbaus. »Autsch!«, rief sie, und weckte damit die anderen.

Jesahja fuhr alarmiert in die Höhe. »Was?«, ächzte er und stieß sich ebenfalls den Kopf.

Durch den schmalen Eingang des Fuchsbaus sickerte Tageslicht herein, so dass Lilli erkennen konnte, dass Bonsai noch immer eng an Fini gekuschelt in der Ecke der kleinen Höhle lag. »Hey, Lilli! Alles klärchen?«, fragte er.

Die Füchsin hob den Kopf und sah den Hund neben sich mit verschlafenem und zugleich samtweichem Blick an. »Guten Morgen, Bönselchen.«

»Hallo, Knuddelpfötchen«, gurrte Bonsai und machte sich daran, Finis Gesicht abzuschlabbern, was diese sich sehr gern gefallen ließ.

Von der anderen Seite des Fuchsbaus erklang nun eine durchdringende Katzenstimme. »Ich grüße alle Anwesenden!«, verkündete Frau von Schmidt, die sich gerade neben Lillis Füßen streckte. »Der Komfort der Nachtruhe war den Umständen entsprechend eingeschränkt«, teilte sie mit und wetzte schläfrig ihre Krallen an der Wand der Höhle. »Ein wenig unbequem, minutenweise beinahe unbehaglich und im Grunde auch unpassend für eine Katze von Welt, aber alles in allem doch ausreichend.«

»Was brummt Schmidti da?«, wollte Jesahja wissen.

»Sie gibt der Übernachtung insgesamt eine Vier.«

Jesahja grinste.

Fini hakte nach. »Eine Vier? Was bedeutet das?«

Lilli kräuselte die Nase. Manchmal war es wirklich nicht gut, dass Tiere und Menschen sie gleichzeitig verstanden. »Das bedeutet, dass wir dir alle unglaublich dankbar sind, dass wir uns hier verstecken durften, Fini«, gab sie nicht ganz präzise zur Antwort.

»Sehr gern. Ich mag euch.« Fini rieb ihren Kopf zärtlich an Bonsais Kinn.

Frau von Schmidt sah es und wandte der Füchsin und dem Hund mit hoch erhobener Nase den Rücken zu. »Pfft!«

Lilli beugte sich vor und versuchte, durch den engen Gang nach draußen zu spähen. »Ich werde mal rauskriechen und gucken, ob draußen die Luft rein ist.«

»Lass mich das machen!«, riefen Jesahja und Bonsai zeitgleich.

Frau von Schmidt war jedoch schneller. »Ich übernehme das!«, maunzte sie entschlossen. »Eine solch pikante Aufgabe kann nur eine extrem erfahrene, gänzlich gewitzte Schleichjägerin erledigen!«, murmelte sie vor sich hin, während sie bereits aus dem Bau schlich. »Ohne mich wären Sie alle verloren, so viel ist klar.« Dann war alles still. Kurz darauf hörte Lilli Frau von Schmidt zaghaft miauen. »Ähm, Madame von

Susewind?« Die Katze klang leicht verunsichert, was ungewöhnlich für sie war. »Hier ergibt sich eine Situation, in der Ihre persönliche Anwesenheit erforderlich ist.«

»Was ist denn los?«

»Das kann ich schlecht erklären. Kommen Sie bitte heraus und sehen Sie es sich selbst an.«

»Ist die Luft denn rein?«

»Nun ... also ... ich kann Ihnen versichern, dass der widerliche Scharlatan nicht hier ist.«

Lilli hatte keine Ahnung, warum die Katze derartig herumdruckste. Schnell legte sie sich auf den Bauch und krabbelte durch den Gang nach draußen. Als sie sich dort aufrichtete, fiel ihr vor Überraschung die Kinnlade herunter. Vor dem Fuchsbau befand sich eine ganze Horde von Tieren! Es war ihre »Armee«: Eichhörnchen, Feldhasen, Ratten, Mäuse, Igel, Iltisse, das Wiesel, zwei Gänse und der dicke Dachs saßen vor dem Eingang. Offenbar waren sie ihrer Spur gefolgt. Hatten sie die ganze Nacht über hier Wache gehalten?

Sobald Lilli aus dem Gang robbte, begannen zahllose Vögel in den Bäumen zu zwitschern: »Da ist sie!« und »Es geht ihr gut!« Die Zweige der nahe stehenden Bäume bogen sich unter dem Gewicht der Vögel regelrecht durch.

»Ist an dir noch alles dran, Mädchen?«, erkundigte sich der Dachs.

»Ja, es geht mir gut. Danke!« Lilli freute sich, dass die Tiere sich so um sie kümmerten. »Alles in Ordnung.«

Da trippelten auch Bonsai und Fini aus dem Bau. »Hallo, Leute!«, grüßte Bonsai schwanzwedelnd. »Die Armee-Sache gestern war echt krass!«

»Wir haben gern geholfen«, antwortete das Wiesel.

Mit Blick auf den winzigen weißen Hund fragte nun eine Gans die andere: »Ist das ein Schneehase?«

Die andere antwortete: »Kann sein. Aber mit verkehrten Ohren … und komischer Frisur.«

Das verstand Bonsai zum Glück nicht.

Lilli wandte sich nun an alle Tiere. »Ich danke euch für eure Hilfe. Ohne euch wären wir noch immer Gefangene. Ihr seid einfach unglaublich!«

»Wir haben den Menschenmann für dich gestern sehr lange sehr böse angeguckt«, berichtete nun ein Eichhörnchen. »Er hatte solche Angst vor uns, dass er einfach sitzen geblieben ist und dir nicht nachlaufen wollte.«

Lilli bezweifelte zwar, dass es der Blick eines Eichhörnchens gewesen war, der Midas zurückgehalten hatte, aber sie war dem kleinen Tierchen trotzdem sehr dankbar und sagte ihm das.

Während sie sprach, kroch Jesahja aus dem Fuchsbau und schnalzte angesichts der vielen Tiere überrascht mit der Zunge. »Wow«, flüsterte er.

Lilli sprach nun jedes Tier einzeln an und bedankte sich für seinen Einsatz. Jesahja holte indessen Midas' Handy hervor und schaltete es ein. Auf einmal wurde er leichenblass. »Scheiße!«, entfuhr es ihm.

»Was ist?«

»Der Akku ist leer!«

Lilli atmete scharf ein. »Nein!«

»Doch.« Jesahja schlug sich mit der Hand gegen die Stirn. »Ich Idiot! Warum hab ich gestern nicht nachgeguckt, wie viel Saft das Ding noch hat?!«

Lillis Gedanken überschlugen sich. Wenn das Handy nicht mehr funktionierte, konnten sie weder die Polizei noch jemand anderen anrufen, der sie hier herausholte! »Das ist … schlecht«, stieß sie hervor. Sie waren irgendwo mitten im tiefsten Wald und hatten keinen blassen Schimmer, in welche Richtung sie gehen mussten. Es konnte eine Ewigkeit dauern, bis sie den Weg hinaus fanden! Wenn sie bis dahin nicht verhungert waren …

»Das darf nicht wahr sein!«, kiekste sie. »Wie kommen wir nur je wieder aus dem Wald heraus?«

Auf diese Frage antwortete ihr eine tiefe, volltönende Raubtierstimme: »Dabei könnte ich dir helfen.«

Lillis Herz begann wie verrückt zu schlagen. Der Wolf! Er saß ein Stück abseits und blickte sie ruhig mit seinen hellen, klugen Augen an.

»Huch! Der schon wieder!«, quäkte eine der Gänse. Beide breiteten hektisch die Flügel aus und flatterten davon.

Für einige der anwesenden Tiere war der Wolf ein gefährlicher Feind. Durch Lillis Gegenwart wurden die natürlichen Gegebenheiten der Tierwelt allerdings kurzzeitig ausgehebelt, und das schienen die meisten Tiere auch zu wissen.

Während Jesahja den Wolf fasziniert anstarrte,

grüßte Bonsai: »Hallo, Wolf-Fuzzi!« und wedelte freundlich mit dem Schwanz. »Alles senkrecht?«

Lilli hätte schwören können, dass der Wolf lächelte.

»Herr von Wolf!«, tönte nun auch Frau von Schmidt. »Ihr Besuch ehrt mich. Sicher sind Sie hergekommen, um meine nähere Bekanntschaft zu machen.« Sie fuhr sich kokett mit der Pfote über das Fell. »Vielleicht haben Sie ja auch schon von mir gehört ... ach, gewiss haben Sie das! Ich bin schließlich eine Legende!« Beiläufig stieß sie Lilli mit der Schulter an. »Übersetzung, bitte.«

»Später, Madame«, vertröstete Lilli sie. Sie wollte erst einmal selbst mit dem Wolf sprechen. Schnell erhob sie sich und ging zu ihm hinüber. »Hallo!«, sagte sie. »Ich bin Lilli.«

»Mein Name ist Askan«, erwiderte der Wolf.

Lilli setzte sich vor ihn auf den Waldboden. »Wie kommt es, dass du hier lebst?« Sie war furchtbar neugierig.

»Ich lebe eigentlich nicht hier. Ich bin schon sehr lange auf Wanderschaft, und ich durchwandere diesen Wald erst seit kurzer Zeit.« Askan legte ein Ohr zurück. »Ein Zuhause habe ich nicht.«

»Oh«, stieß Lilli bedauernd hervor, denn man

hörte Askan an, dass er es leid war, auf Wanderschaft zu sein.

Bonsai, Fini und Frau von Schmidt kamen nun langsam näher. Auch Jesahja zeigte keine Scheu vor dem Wolf und setzte sich neben Lilli.

»Meine Heimat ist weit, weit entfernt«, sagte Askan und schaute wehmütig in die Ferne.

»Warum hast du deine Heimat denn verlassen?«

Über Askans fein gezeichnetes Gesicht huschte ein Schatten. »Ich lebte vor langer Zeit in einem starken Rudel von vielen Wölfen«, sagte er. »Doch durch einen Sturm wurde ich von den anderen getrennt. Ich habe lange Zeit nach ihnen gesucht, aber sie nie wiedergefunden.«

»Das ist ja voll traurig!«, kläffte Bonsai.

»Ja, das ist sehr traurig«, bestätigte Askan. »Damals begann meine Wanderschaft. Ich suchte nach einem neuen Zuhause, aber das war schwierig.«

»Warum?«, wollte Fini wissen.

»Sobald ich in die Nähe von Menschen kam, wurde ich vertrieben«, berichtete der Wolf. »Und es war schwer, nicht in die Nähe von Menschen zu kommen. Sie sind einfach überall.«

Lilli biss sich auf die Lippe. Dann fragte sie:

Mein Name ist Askan

»Das heißt, du bist auf der Suche nach einem neuen Zuhause herumgewandert, und die Menschen haben jedes Mal so viel Angst vor dir bekommen, dass sie dich weggejagt haben?«

Askan blickte ihr lange in die Augen. »Ja, es mag Angst sein, die die Menschen dazu bringt, sich so zu verhalten. Aber das macht keinen Unterschied. Sobald sie mich sehen, beginnen sie Hetzjagden auf mich. Und doch haben sie mich nie erwischt. Hätten sie das, wäre ich bestimmt getötet worden.«

Lilli schüttelte den Kopf. Konnte das sein? Töteten die Menschen einen wilden Wolf, wenn sie einen entdeckten?

»Madame von Susewind!«, ließ sich eine schrille Stimme vernehmen. »Übersetzen Sie bitte auf der Stelle, was Herr von Wolf Ihnen dermaßen wohlklingend darlegt.«

Lilli übersetzte für die Katze, Jesahja und alle anderen Tiere, die nicht *hundeartig* waren, was der Wolf erzählte.

»Menschen hatten schon immer Angst vor Wölfen«, murmelte Jesahja. »Vor allem davor, dass sie ihr Vieh reißen könnten.«

Askan fuhr nun mit tiefer Stimme fort: »Ich

wünsche mir nichts mehr, als irgendwo bleiben zu dürfen. Früher oder später entdecken mich die Menschen allerdings immer in den Wäldern. Sie scheinen mich als Feind zu betrachten. Dabei habe ich noch nie einem Menschen etwas zuleide getan.«

Lilli griff nun Jesahjas Gedanken auf. »Sie haben wahrscheinlich vor allem Angst davor, dass du ihren Schafen und Kühen auf den Weiden etwas tun könntest.«

Askan stutzte. »*Ihren* Schafen und Kühen? Stehen diese Tiere unter dem besonderen Schutz der Menschen?«

»Ja, diese Tiere gehören schließlich den Bauern.«

Der Wolf legte den Kopf schief. »Wie können Tiere denn Menschen *gehören*?«

Darauf wusste Lilli keine Antwort.

Fini schien diese Frage interessant zu finden. »Können Menschen dann auch Tieren gehören?«, fragte sie. »Gehörst du jemandem, Lilli? Gehörst du der Katze?«

»Nein!«, entgegnete Lilli irritiert. »Ich gehöre ... mir!«

»Da hast du Glück«, sagte Askan.

Lilli merkte, dass sie rot wurde. »Du würdest also niemals den Menschen oder ... ihren Schafen oder Kühen etwas tun?«, fragte sie schnell.

»Nein, darauf hast du mein Ehrenwort. Wenn die Menschen sich *davor* fürchten, dann können sie ganz beruhigt sein«, versprach Askan. »Ich finde im Wald genug zu fressen.«

»Wovon ernährst du dich denn?«

»Hauptsächlich von kleineren Tieren und von Beeren.«

Lilli blickte den Wolf betreten an. Sie durfte gar nicht an all die Tiere denken, die er schon gefressen hatte! Aber so war nun einmal der Lauf der Natur. Raubtiere fraßen andere Tiere. Da bemerkte sie, dass Bonsai und Fini furchtsam vor Askan zurückwichen.

»Ihr habt von mir nichts zu befürchten«, beruhigte der Wolf sie sogleich. »Ihr und ich, wir sind Brüder.«

Als Bonsai das hörte, schien er vor Stolz um mehrere Zentimeter zu wachsen.

Askan wandte sich wieder an Lilli. »Du hast gesagt, dass du aus dem Wald herauskommen willst. Ich kenne die Grenzen zu den Menschengebieten sehr gut. Ich kann dir helfen.«

Waldwanderung

Lilli sagte ihrer »Tier-Armee« auf Wiedersehen, und nach einem herzlichen Abschied zerstreute sich die Schar. Gemeinsam mit Jesahja, Frau von Schmidt, Bonsai und Fini folgte Lilli dem Wolf nun noch tiefer in den Wald hinein. Er kannte den Weg zum nächstgelegenen Menschengebiet, und Lilli hoffte, dass sie womöglich noch an diesem Tag nach Hause finden würden.

Während sie an der Seite des großen, schönen Raubtiers den dichten Wald durchstreiften, blickten Lilli und Jesahja sich immer wieder aufmerksam um. Midas konnte noch immer irgendwo lauern, und dieser Gedanke versetzte sie in permanente Alarmbereitschaft. Aber außer ein paar Wildschweinen, einem Hirsch und zahllosen anderen Waldbewohnern begegneten sie niemandem.

Als Lillis Magen zu knurren begann, zog Jesahja eine Packung Schokoladenkekse aus seiner Jackentasche. »Die hat Oleg uns gestern mit den anderen Sachen in den Wohnwagen gelegt«, erklärte er und verteilte die Kekse unter den Menschen und den Tieren.

»So was krieg ich sonst nie!«, jubelte Bonsai und begann, seinen Keks genüsslich abzulecken.

Fini hatte noch nie etwas Süßes gefressen und war begeistert von dem Schokoladenüberzug. Als Bonsai das hörte, ließ er von seinem Keks ab und schob ihn Fini mit der Nase hin. »Hier, Knuddelpfötchen, den kannst du auch haben.«

Finis Augen leuchteten auf, und während sie die Reste von Bonsais Keks fraß, blinzelte sie den Hund verliebt an.

Frau von Schmidt verspeiste ihren Keks mit dem Kommentar »Köstliche Kost!« und lobte Jesahja für seine »unerwartete Nützlichkeit«. Kurz darauf tranken sie alle eiskaltes, klares Wasser aus einem kleinen Bach, und Lilli fand beinahe Gefallen an diesem Abenteuer. In der Gegenwart des Wolfes fühlte sie sich sicher, und da die Sonne schien und der kalte Herbstwind von ihrem Anorak und dem dicken Schal abgehalten wurde, machte ihr die Waldwanderung geradezu Spaß. Während sie über einige Hügelketten wanderten, fragte Askan sie, wie es kam, dass sie mit Tieren sprechen konnte. Lilli berichtete ihm von ihrer Gabe und all den Dingen, die sie damit schon erlebt hatte. Daraufhin erzählte Askan ihr aus seinem Leben, und Lilli begann zu verstehen, wie einsam er sich fühlen musste. Es schien ihn zu freuen, wieder ein kleines Rudel bei sich zu haben – wenn auch nur für kurze Zeit.

Sie waren schon einige Zeit unterwegs und die Sonne stand hoch am Himmel, da blieb Fini plötzlich stehen. »Hier endet mein Revier«, sagte sie und schaute auf den Waldboden, als verlaufe dort eine unsichtbare Linie. »Ich kann nicht weiter mit euch mitgehen.« Unglücklich sah sie zuerst Lilli und dann Bonsai an.

»Was?« Bonsai trappelte verdattert zu ihr zurück. »Aber Schätzchen, du sollst doch bei uns einziehen! Du darfst auch in meinem Körbchen schlafen!«

»Das geht nicht.« Fini wiegte traurig den Kopf. »Ich bin hier zu Hause.«

Bonsais Ohren sanken nach unten. »Heißt das …« Er verstummte und blickte dermaßen erschüttert drein, dass Lilli das Herz schwer wurde. Sie hatte schon geahnt, dass die Füchsin sie irgendwann verlassen würde, aber für den kleinen Hund war dieser Moment sehr schwer.

Fini fragte: »Willst du nicht bei mir im Wald wohnen?«

»Nein, ich muss bei Lilli bleiben«, antwortete Bonsai ohne zu zögern, aber dabei ließ er den Kopf hängen.

»Dann musst du mich irgendwann besuchen …«

»Ja!« Sein Kopf fuhr hoch. »Geht das, Lilli?«

Lilli nickte ihm zu, obwohl sie keine Ahnung hatte, wie weit Finis Revier von ihrem Zuhause entfernt war.

Der Hund und die Füchsin rieben zum Abschied noch einmal die Köpfe aneinander, dann drehte Fini sich um und verschwand zwischen den Bäumen. Bonsai blickte ihr traurig nach.

»Herr von Bonsai!«, miaute Frau von Schmidt und stolzierte heran. »Da sich Ihre Bekanntschaft mit dieser herkömmlichen Waldläuferin nun offenbar als wenig ersprießlich entpuppt hat, möchte ich Ihnen hiermit zur Trennung meinen Glückwunsch … äh, mein Mitgefühl aussprechen.« Sie stieß Bonsai vorsichtig mit dem Kopf an. »Obwohl sie rotes Fell hatte, war sie eines erhabenen Wuffherren, wie Sie es einer sind, einfach nicht würdig!« Ein kurzer Blick zu Lilli. »Übersetzen Sie, bitte.«

»Schmidti –« Lilli brach ab und räusperte sich. »Ich wollte sagen, *Frau von Schmidt* tut es sehr leid, dass Fini weg ist. Sie findet Fini hübsch.«

Die Katze sah Lilli kritisch an. Lilli nahm sich beim Übersetzen oft große Freiheiten heraus, obwohl sie wusste, dass Frau von Schmidt das für eine sehr schlechte Angewohnheit hielt.

Bonsai brummte »Danke« und schleckte der Katze einmal über die Nase. Dann trottete er langsam hinter Askan her, der bereits weitergegangen war. Die anderen schlossen sich an.

Nach einer weiteren Stunde Waldwanderung hob Askan die Nase in die Luft. »Es ist nicht mehr weit«, sagte er mit tiefer Stimme. »Ich wittere Menschen.«

»Ich rieche was anderes.« Bonsai streckte ebenfalls die Nase in den Wind. »Ich glaub, hier sind irgendwo Zebras.«

»Zebras?«, fragte Lilli.

Jesahja horchte auf. »Sind wir in der Nähe des Zoos?«

Wenig später erreichten sie eine Lichtung – zumindest hielt Lilli es für eine Lichtung. Doch sobald sie sich genauer umsah, entdeckte sie Zäune, ein Gatter und eine alte Schubkarre. Sie standen am Rande einer Weide! Das hieß, dass Menschen in der Nähe sein mussten!

»Wie erfreulich!«, ließ Frau von Schmidt sich vernehmen. »Sie sind sicherlich überaus angetan davon, Herrn von Merlin zu begegnen, nicht wahr, Madame?«

Lilli stutzte, dann dämmerte ihr, was die Katze damit meinte. »Merlin?!« Rasch schaute sie sich um. Da sah sie, dass an die Weide eine zweite grenzte, und darauf grasten ein paar …

»Pferde!«, flüsterte Lilli.

»Ich hab doch gesagt, dass es nach Zebra riecht!«, bemerkte Bonsai.

Jesahja stieß einen Freudenschrei aus. »Das ist der Jansenhof!« Aufgeregt wies er auf mehrere Gebäude, die in der anderen Richtung zwischen weiteren Weiden lagen. »Wir sind beim Jansenhof!«

Lilli konnte es kaum fassen. Den Jansen-Pferdehof kannte sie sehr gut, denn erst vor wenigen Monaten hatte sie hier reiten gelernt. Seitdem kam sie regelmäßig her, um mit ihrem Lieblingspferd Merlin auszureiten.

Im nächsten Moment entdeckte Lilli den alten Schimmel mit dem weiß gesprenkelten Fell. Er stand bei den anderen Pferden auf der Weide und graste friedlich vor sich hin. »Merlin!«, schrie sie überglücklich.

Die Pferde hoben eins nach dem anderen die Köpfe. »Lilli-i-i!«, wieherte Merlin, sobald er sie entdeckt hatte, und stürmte los. Im Galopp jagte er über die Weide auf Lilli zu. Als der Weidezaun vor ihm auftauchte, beschleunigte der Schimmel sein Tempo und sprang im hohen Bogen über den Zaun hinweg. »Ui-i-i!«, jubelte er, während er weitergaloppierte. »Ich springe am höchstbesten! Von allen! Im Ernst, das stimmt! Ich bin das berühmtbeste Pferd der Welt!«

Als Lilli das hörte, lachte sie glücklich. Merlin sprang über zwei weitere Zäune, lief geradewegs auf Lilli zu und bremste erst im letzten Moment ab. »Lilli!«, schnaubte er selig und vergrub seine Nüstern in Lillis rotem Lockenkopf.

Lilli lächelte und streichelte den Hals des Schimmels. »Merlin, ich bin so froh, dich zu sehen.«

»Ich bin auch froh! So frohglücklich wie noch nie!«, schnaufte Merlin in ihr Haar.

Lilli drückte ihn fest an sich. Merlin fühlte sich nach zu Hause an.

Dann trat das Pferd einen Schritt zurück. »Sollen wir einen Ausritt machen, Lilli? Den wunderprächtigsten Ausritt aller Zeiten?! Jetzt? Oder gleich? Besser jetzt gleich!«

Da sah Merlin den Wolf. »Ahhh!«, gellte er mit weit aufgerissenen Augen und stieg auf die Hinterläufe. »Ein Fress-Mo-o-onster!«

»Nein, schon gut, Merlin!«, beruhigte Lilli ihn mit erhobenen Händen. »Das ist Askan. Er ist mein Freund.«

»Yo, Askan ist voll in Ordnung«, kommentierte Bonsai. »Also immer schön cool bleiben, Zebra-Kumpel.«

Askan betrachtete das große Pferd indessen ruhig. »Gehört dieser Hufbeiner einem Menschen?«, fragte er. »Er lebt hinter einem Zaun, also ist er einer, um den die Menschen Angst haben, nicht wahr?«

»Ja«, erwiderte Lilli. »Merlin gehört den Jansens.«

Wie aufs Stichwort tauchten auf der unteren Weide nun vier Menschen auf. Es waren Annabell und Slavika Jansen, die beiden Frauen, denen der Reiterhof gehörte, gefolgt von ihren Kindern Wolke und Tom. Wolke war Lillis Freundin und ging in ihre Klasse. »O mein Gott, Lilli!«, rief Annabell Jansen schon von weitem. In ihrer Stimme schwang große Sorge mit. »Da seid ihr ja!« Im Laufschritt eilten die Jansens nun über die Weide auf sie zu. »Wo wart ihr nur? Die Polizei sucht nach euch! Alle Welt sucht nach euch!«

Lilli wollte die Jansens vor dem Wolf warnen, doch als sie den Kopf drehte, um zuerst Askan auf die Begegnung mit der Familie vorzubereiten, war der Wolf verschwunden. Lilli suchte mit den Augen zwischen den Büschen nach ihm, aber er war fort.

»Danke, Askan«, wisperte sie und hätte viel dafür gegeben, ihm das persönlich sagen zu können.

Heimkehr

Das Auto der Jansens hielt mit quietschenden Reifen auf der Straße vor dem Haus der Susewinds. Vor dem Tor lauerte ein wilder Pulk von Reportern, Fotografen und Leuten mit großen Fernsehkameras. Als der Wagen der Jansens vorfuhr, entflammte ein blendendes Blitzlichtgewitter, und die Meute platschte wie eine große Welle gegen das Auto.

Lilli duckte sich und zog die Kapuze ihres Anoraks tiefer ins Gesicht. Sie hatte sich so sehr auf zu Hause gefreut, aber die Paparazzi konnten einem alles vermiesen!

Da stürzte ihre Oma aus dem Tor, ließ mit grimmiger Miene ihren Regenschirm aufschnappen und kämpfte sich zum Auto durch. »Weg da!«, schrie sie und piekte den einen oder anderen Journalisten mit dem Schirm ins Hinterteil. Sobald sie den Wagen erreicht hatte, riss sie die Tür auf. »Schnell! Kommt raus!«

»Ach du meine Güte!« Slavika Jansen schüttelte angesichts des wogenden Paparazzi-Meeres den Kopf. »Wir fahren lieber wieder.«

Oma Susewind nickte Lilli zu. Die schnappte sich Bonsai und kletterte aus dem Auto. Jesahja nahm Frau von Schmidt auf den Arm und folgte ihr. Gemeinsam drängten sie sich so eng wie möglich an Lillis Oma und kämpften sich Schritt für Schritt hinter dem Schirm durch die Menge, bis sie das Tor der Susewinds erreichten und sich mühsam hindurchquetschten.

Als sie es hinter sich geschlossen hatten, nahm Lillis Oma ihre Enkelin in den Arm und drückte sie so fest an sich, dass Lilli kaum noch Luft bekam. »Kind«, flüsterte Oma mit wankender Stimme. »Wir haben uns solche Sorgen gemacht!«

Da kamen schon Lillis Vater, ihre Mutter und

Herr und Frau Sturmwagner – Jesahjas Eltern – auf sie zu.

»Lilli!«, rief Lillis Mutter. »Du bist wieder da!« In ihren Augen glitzerten Tränen. Gleich hinter ihr war Lillis Vater, der völlig zerknautscht und mitgenommen aussah. Als ihre Eltern sie erreichten, schlossen sie Lilli mit einer heftigen Bewegung in die Arme. Lillis Mutter begann zu schluchzen. »Wir dachten, dir wäre etwas zugestoßen ...«

Lilli schluckte. Ihre Mutter weinte so gut wie nie. Ihr Vater schien ebenfalls völlig aufgelöst zu sein.

Jesahjas Eltern umarmten ihren Sohn mit ebensolcher Heftigkeit. Ihnen war anzumerken, wie groß ihre Sorge gewesen sein musste. »Alle haben nach euch gesucht!«, brachte Frau Sturmwagner, eine hübsche, junge Frau, erstickt hervor und strich Jesahja zittrig übers Haar. »Euer Verschwinden ist das Hauptthema in allen Medien!«

»Gehen wir rein«, schlug Lillis Oma vor, die sich so nah hinter dem Tor nicht wohl zu fühlen schien.

Sobald sie das Wohnzimmer der Susewinds betraten, rief Lillis Mutter die Polizei an. »Die Kinder sind wieder da! Sie sind beim Jansenhof

aufgetaucht und von Annabell und Slavika Jansen hergebracht worden!«

Jesahjas Vater, ein gutaussehender, großer Mann mit dunkler Haut, setzte sich zu Lilli und Jesahja auf die Couch und fragte mit ernster Stimme: »Was ist passiert?«

Alle Erwachsenen blickten sie nun mit großen Augen an.

Jesahja antwortete. »Wir sind entführt worden.«

»Was?« Lillis Vater schlug entsetzt die Hände vor den Mund. »Entführt?«

»Um Himmels willen!«, entfuhr es Lillis Oma, und Lillis Mutter ließ vor Schreck das Telefon fallen.

»Wer war das?« Herr Sturmwagner fasste Jesahja an der Schulter. »Wer hat euch entführt?«

»Und warum?«, fragte Jesahjas Mutter erschüttert.

»Es war so …«, begann Lilli nun zu erzählen. Von der Idee, allein im Park spazieren zu gehen, bis zu dem Augenblick, in dem sie beim Jansenhof aus dem Wald gekommen waren, berichteten Jesahja und sie nun abwechselnd, was geschehen war. Als Lillis Mutter hörte, dass ein wilder Wolf in ihren Wäldern lebte, riss sie wie vom Donner gerührt die Augen auf, aber sie sagte nichts dazu, denn Lilli betonte immer wieder, dass sie ohne Askan weder hätten fliehen können noch so schnell aus dem Wald herausgefunden hätten.

Als sie fertig waren, klingelte es an der Tür. Es war die Polizei. Zwei Männer in Uniform setzten sich zu ihnen und stellten ihnen viele Fragen. Besonders Midas mussten Lilli und Jesahja ganz genau beschreiben, damit man eine Fahndung einleiten konnte.

»Ich habe Midas' Handy!«, fiel Jesahja ein, und er zog es aus der Tasche.

Die Beamten nahmen es mit großem Interesse entgegen und sagten, das könnte ihnen helfen herauszubekommen, wer Midas sei. Dann fragten sie weiter. Dass Lilli mit den Waldtieren gesprochen hatte und dass sie von ihnen bei der Flucht unterstützt worden waren, protokollierten die Polizisten ohne mit der Wimper zu zucken. Sie wussten ganz offensichtlich bereits über Lillis Fähigkeiten Bescheid und schrieben diesen Teil der Geschichte ebenso selbstverständlich auf wie alles andere. Dann verabschiedeten sie sich und versprachen, alles zu tun, um Midas zu finden.

Nachdem die Beamten gegangen waren, seufzte Jesahjas Vater einmal tief und sagte: »Gehen wir nach Hause.« Jesahja und seine Mutter nickten. Ihnen war anzusehen, wie müde sie waren.

Jesahja lächelte Lilli zum Abschied zu. »Mit dir wird es nie langweilig.« Er lachte leise.

Lilli verdrehte scherzhaft die Augen, aber dann lachte sie ebenfalls.

Am darauffolgenden Morgen wurde Lilli von kitzelnden Schnurrhaaren geweckt. »Madame von Susewind, es scheint mir ratsam, dass Sie Ihren Schlummer umgehend beenden«, miezte Frau von Schmidt, die auf Lillis Kissen thronte.

»Bin schon wach«, nuschelte Lilli und setzte sich schläfrig auf. Dabei entdeckte sie, dass Bonsai schwanzwedelnd auf der anderen Seite des Kissens hockte. »Was geht ab?«, hechelte er.

»Ich möchte Sie darüber informieren, dass sich das Haus in großem Aufruhr befindet«, näselte die Katze. »Wir werden von unbekannten Besuchern überschwemmmt! Das Ganze hat Ähnlichkeit mit einer klassischen Form von Tohuwabohu, und das überreizt meine sensiblen Sinne.« Sie stöhnte dramatisch.

»Besucher?«, fragte Lilli. »Wer ist denn gekommen?«

»Zuerst so ein Typ. Und dann noch einer«, schnuffte Bonsai. »Und dann so eine Tussi. Und dann noch eine.«

Lilli runzelte die Stirn.

»Aber Klick-Heinis sind es nicht, glaub ich«, fügte Bonsai hinzu. »Wenn Klick-Heinis nicht klicken, sind sie keine Klick-Heinis, oder?«

»Also … ich glaube nicht. Ich gehe mal nachgucken.« Lilli kletterte aus dem Bett. Das musste sie sich einmal genauer ansehen. Als sie wenig später nach unten kam, saßen ihre Eltern, ihre Oma, die Sturmwagners, Jesahja und vier Fremde – zwei Männer und zwei Frauen – im Esszimmer am Tisch.

»Schatz!«, begrüßte ihr Vater sie sanft. »Hast du ausgeschlafen? Wir wollten dich nicht wecken.«

»Das hat Schmidti übernommen«, murmelte Lilli.

»Sie haben das Camp im Wald gefunden!«, rief Jesahja.

»Was, so schnell?« Lilli war überrascht.

Nun erhob sich einer der fremden Leute, ein

unrasierter Mann mit längeren braunen Haaren, einer getönten Brille und einer Barett-Mütze. »Kommissar Schneider«, stellte er sich vor und reichte ihr die Hand. »Du bist Liliane, hm, hm?«

Lilli nickte. Der Mann war also von der Polizei, aber er trug keine Uniform. Aus Fernsehkrimis wusste Lilli, dass das die Polizisten waren, die sich um die ganz schlimmen Sachen kümmerten. Eine Entführung war offenbar ganz schlimm.

»Dein Freund hat recht«, sagte der Kommissar und kniff die Augen halb zu, während er sprach. »Meine Leute und ich« – er wies mit dem Finger auf die drei am Tisch – »haben durch das Handy, das ihr uns gegeben habt, herausfinden können, wer euer Entführer ist. Es handelt sich um einen Kriminellen, nach dem wir schon lange suchen. Er ist also sozusagen ein alter Bekannter von uns, ha, ha!« Er lachte.

»Ah so«, sagte Lilli, obwohl sie nicht verstand, was daran lustig war.

»Ich habe vor einer halben Stunde einen Anruf von einem Kollegen bekommen. Dieses Camp im Wald, das ihr beschrieben habt, wurde von einem unserer Hubschrauber gesichtet. Unsere Leute haben das Gebiet rings um das Camp dann durchstreift … Die Wohnwagen wurden leer vorgefunden. Midas und seine Leute sind verschwunden.«

Lilli und Jesahja warfen sich einen enttäuschten Blick zu.

»Weißt du was?«, fragte der Kommissar.

Lilli schüttelte den Kopf.

»Ha! Auf dem Acker wurden mehrere kleine Bananenstauden entdeckt …« Kommissar Schneider zog die Nase kraus. »Bananen! Tja, Bananen … die können in unseren Breitengraden zu dieser Jahreszeit gar nicht wachsen. Das ist unmöglich.« Er schob seine Brille auf die Nasenspitze hinunter. »Du hast die Bananen wachsen lassen?« Er beäugte Lilli kritisch über den Brillenrand.

Lilli schluckte. »Ja«, hauchte sie.

»Kurios.« Der Kommissar musterte sie von oben bis unten, als sei sie ein interessantes Studienobjekt. »Äußerst kurios.«

Sollte sie dazu etwas sagen?

Frau von Schmidt strich an Lillis Bein entlang. »Sie scheinen unfrohen Mutes zu sein, Madame«, miaute sie. »Belästigt dieser ungepflegte Besuchsbarbar Sie?«

Gleichzeitig vermeldete Bonsai: »Der Typ mit

dem Deckel ist echt schräg! Soll ich ihn ankläffen?« Mit »Deckel« meinte der Hund offenbar die Barett-Mütze des Kommissars.

Lilli erwiderte: »Nein, schon gut.«

Kaum hatte sie das gesagt, verengten sich Kommissar Schneiders Augen noch mehr, und sein Blick wanderte zwischen Lilli und den Tieren hin und her. Seine Leute starrten Lilli ebenfalls aufmerksam an, doch niemand sagte etwas.

Da klingelte das Handy des Kommissars. »Schneider«, bellte er in das kleine Gerät und lauschte dann. »Was? Hm, hm … tatsächlich? Ein Wolf also …«

Lilli rutschte das Herz in die Hose. Askan!

»Weiß die Forstbehörde schon Bescheid?«, sprach Kommissar Schneider in sein Handy. »Mhm … aha … Was?« Seine Augen weiteten sich. »Der Wolf hat Polizeimeister Gutmichel bedroht? Ist er entwischt?« Pause. »Nein, der Wolf, nicht der Polizeimeister!« Pause. »Aha … über alle Berge … ja, was können wir da …« Pause. »Nee, das darf man nicht riskieren … vielleicht … ich werde es mir überlegen.« Er legte auf und richtete seinen Blick wieder auf Lilli.

»Was ist los?«, brachte Lilli heiser hervor.

Jesahja stand auf und stellte sich neben sie.

Kommissar Schneiders Augen waren zu kleinen Schlitzen geworden, so sehr kniff er sie zusammen. »Du hast meinen Kollegen gestern erzählt, dass ihr im Wald einen Wolf gesehen habt?«

»Wir haben ihn nicht nur gesehen«, antwortete Jesahja. »Der Wolf hat uns geholfen.«

»Er hat uns gerettet!«, ergänzte Lilli.

»Ja, ja, das habt ihr wohl erzählt. Gerettet von einem Wolf ... hm, hm ...« Kommissar Schneider zischte durch die Zähne und schien nachzudenken.

Eine der Frauen am Tisch fragte: »Was ist denn los?«

Kommissar Schneider blies mehrere Male seine Wangen auf, dann erwiderte er: »Es wurde soeben ein großer, einzelner Wolf in der Nähe des Camps gesichtet.«

»Askan!«, rief Lilli.

»Offenbar hätte der Wolf beinahe einen unserer Polizisten angefallen. Zumindest hat der Wolf ihn angeknurrt und sah dabei sehr gefährlich aus.«

»Das glaube ich nicht!«, entgegnete Lilli, aber Kommissar Schneider sprach bereits weiter.

»Den Beschreibungen meiner Kollegen nach ist das ein richtig großer Wolf! Richtig, richtig groß …«, sagte er und schob die Brille ein Stück höher. »Er stellt ohne Frage eine große Gefahr dar …«

»Nein! Er würde keinem Menschen jemals etwas tun!«, rief Lilli. »Darauf hat er mir sein Ehrenwort gegeben!«

»Sein Ehrenwort?« Kommissar Schneider machte ein Doppelkinn. »Ein Wolfs-Ehrenwort … ha, ha!« Er schaute zu Lillis Eltern am Tisch. »Tut mir leid, aber ein Wolfs-Ehrenwort ist kein Beweis. Also nicht so richtig …«

»Lilli kann wirklich mit Tieren sprechen!«, sagte Lillis Mutter mit ihrer Fernsehstimme und der Ernsthaftigkeit einer achtbaren Moderatorin.

Lillis Vater pflichtete ihr bei. »Wenn Lilli sagt, dass der Wolf ihr sein Ehrenwort gegeben hat, dann stimmt das auch.«

Lillis Oma nickte mit Nachdruck.

»Hm, hm …« Kommissar Schneider lächelte schief. »Dass das Mädchen mit Tieren sprechen kann, ist ja momentan *die* Story überhaupt …«

»Aber sie ist wahr!«, stellte Jesahja klar.

Kommissar Schneider zog einen Mundwinkel in die Höhe und machte: »Ha.«

Er glaubte ihnen nicht! Er glaubte nicht, dass sie mit Tieren sprechen konnte! »Ich könnte es Ihnen beweisen!«, sprudelte es aus Lilli hervor. »Ich könnte Ihnen beweisen, dass ich beispielsweise mit meinem Hund und der Katze reden kann!« Sie war bereit, alles zu tun, um diesen Mann zu überzeugen. Anscheinend hing es von ihm ab, ob auf Askan Jagd gemacht werden würde oder nicht!

Kommissar Schneider schob seine Brille wieder auf die Nasenspitze hinunter und guckte zu Bonsai, der freundlich hechelnd neben Lilli saß. Frau von Schmidt stand mit unruhig hin- und herschlagendem Schwanz hinter dem Hund.

»Ach herrje!«, maunzte die Katze pikiert. »Heißt das, dass wir nun wieder irgendeine alberne Zirkusnummer aufführen müssen, um einem dahergelaufenen Zweibeiner Ihre Gabe zu beweisen, Madame?«

»Ja, das wäre sehr nett von Ihnen«, erwiderte Lilli angespannt. »Davon hängt viel ab.«

Kommissar Schneider schien Lillis Antwort auf das Maunzen amüsant zu finden. »Bitte schön, dann lass die beiden ein paar Kunststückchen zeigen.« Er verschränkte die Arme und machte wieder ein Doppelkinn.

Lilli ahnte, dass es diesen Mann wenig beeindrucken würde, wenn die Tiere sich auf die Hinterbeine stellen oder übereinander hinweghüpfen würden. Deshalb sagte sie: »Bonsai, Frau von Schmidt, bitte verratet mir etwas: Wer von den hier anwesenden Leuten hat das Haus heute Morgen als Erster betreten?«

Kommissar Schneider schmatzte.

»Der Typ, der nach Zigaretten stinkt, war zuerst da!«, tat Bonsai kund.

Frau von Schmidt miezte: »Der Zweibeiner mit dem Obermaul-Pelz betrat das Haus als Erster!«

Lilli musterte rasch die drei am Tisch. Der Mann, der dort saß, trug einen Schnurrbart. »Sie waren zuerst da«, sagte sie und wies auf den Beamten mit dem Bart.

Der staunte nicht schlecht. »Das stimmt …«

Kommissar Schneider brummelte: »Hm, hm. Aber wer sagt mir, dass du nicht aus dem Fenster geguckt und ihn gesehen hast?«

»Er raucht Zigaretten!«, fügte Lilli schnell hinzu.

Der Mann mit dem Schnurrbart erbleichte.

»Ich dachte, du hättest aufgehört!«, rief die Polizistin neben ihm.

»Ich …« Der Mann fühlte sich sichtlich ertappt. »Ich habe gestern Abend zu Hause eine einzige Zigarette geraucht! Nur eine ganz kleine!«

»Bonsais Nase ist sehr fein«, erklärte Lilli.

Kommissar Schneider starrte Lilli mit halb zusammengekniffenen Augen an. »Das hat dir also dein Hund verraten …«

»Ja.« Lilli klang kleinlauter, als sie sich gewünscht hätte.

»Bin gespannt, ob dein Hund dir sagen kann, ob ich auch Raucher bin.« Der Kommissar ging vor Bonsai in die Knie und streckte ihm sein Gesicht entgegen.

Bonsai betrachtete den Mann verwirrt. »Was will der Typ, Lilli? Soll ich ihm auf den Deckel springen?«

»Nein, Bonsai. Bitte sag mir nur, ob der Mann auch Zigaretten raucht. Kannst du das riechen?«

»Klar kann ich das! Dafür hätte er gar nicht runterkommen müssen. Aber ich riech noch mal nach.« Bonsai schnüffelte am Gesicht des Kommissars. »Der stinkt auch, Lilli. Aber anders als der andere. Der hier riecht wie der Nacktkopf.«

»Wie unser Briefträger mit der Glatze?« Lilli dachte blitzschnell nach. Sie hatte ihren Postboten schon einmal rauchen gesehen. Aber keine Zigaretten. Mit fester Stimme sagte sie nun zu Kommissar Schneider: »Sie rauchen Pfeife!«

Der Kommissar wurde kreideweiß. »Hu!«, murmelte er. »Das stimmt.« Er kratzte sich am Kopf und erhob sich schwankend. »Woher weißt du das?«

»Bonsai hat das rausbekommen.« Lillis Stimme wurde noch sicherer. »Und er hat es mir *gesagt.*« Sie blickte dem Kommissar nun fest in die Augen. »Genauso, wie ich mit meinem Hund und der Katze sprechen kann, habe ich auch mit dem Wolf geredet.«

Kommissar Schneider schmatzte nachdenklich.

»Askan greift ganz bestimmt keine Menschen an, und auch keine Kühe oder Schafe. Sie müssen ihn in Ruhe lassen!«

Da klingelte abermals das Handy des Kommissars. »Schneider!«, keifte er in den Apparat. »Ja … ja? Mhm … ja dann … ach so … ja. Tschüss.« Er legte auf und machte ein langgezogenes, nachdenkliches Brummgeräusch. Dann sagte er: »Das war die Forstbehörde. Sie haben beschlossen, den Wolf zu jagen.«

»Was?«, rief Lilli entgeistert. »Wieso? Nein!«

»Ja. Weißt du, so etwas entscheidet nicht die Polizei, sondern das Forstamt. Da kann ich nichts machen.« Der Kommissar zuckte die Achseln.

»Aber …«

»Das Risiko ist ihnen einfach zu groß. Der Wolf hätte schließlich beinahe Polizeimeister Gutmichel angefallen!«

Lilli konnte kaum glauben, was Kommissar Schneider da sagte. Man wollte eine Hetzjagd auf Askan beginnen? Das durfte doch nicht wahr sein!

Nicht die Menschen waren in Gefahr, sondern der Wolf …

Wolf in Gefahr

Lilli saß zusammengesunken auf dem Sofa und starrte auf den Fernseher. Nachdem stundenlang Berichte über sie, ihre Entführung und die Suche nach Midas gebracht worden waren, kam nun ein Beitrag über Askan! Der Moderator der Nachrichtensendung sagte gerade, dass der freilaufende Wolf eine große Gefahr für Mensch und Tier darstellen würde und dass bereits zahllose Jäger auf der Suche nach ihm waren.

Lilli krampfte ihre Finger zusammen. »Nein ...«

Jesahja, der neben Lilli auf dem Sofa saß, raufte sich die Haare. »Das gibt's doch nicht!

Wieso glauben die uns nicht, dass Askan harmlos ist?«

»Er soll beinahe einen Mann angefallen haben ...«, sagte Lilli, dann schüttelte sie heftig den Kopf. »Aber das kann nicht sein!«

»Das ist totaler Quatsch!«, mischte Bonsai sich nun ein, der auf Lillis Schoß lag. »Askan und ich sind Brüder! Und ich würde ja auch keinen beißen. Beißen ist blöd. Ich belle einfach alle platt, wenn es sein muss!« Er hechelte zufrieden.

Frau von Schmidt stelzte über die Lehne des Sofas. »Wird Herr von Wolf etwa verleumdet?« Sie schnupfte. »Dagegen werden Sie doch sicher etwas unternehmen, Madame!?«

Lilli blickte die Katze verzweifelt an. Wenn ihr nur irgendetwas einfallen würde, was sie für Askan tun konnten!

Da betrat Frau Susewind das Wohnzimmer. »Ich muss jetzt zum Sender«, erklärte sie fahrig und zupfte sich die schicke Bluse zurecht. Es war eine ihrer Fernsehblusen. »Es gibt noch einiges für meine Show heute Abend vorzubereiten.«

Da hatte Lilli plötzlich eine Idee. »Mama?«, fragte sie. »Könntest du in deiner Show nicht über Askan sprechen? Dir schauen doch viele

Millionen Menschen zu! Wenn du sagen würdest, dass Askan ungefährlich ist, dann –«

Ihre Mutter unterbrach sie. »Erstens sind es nicht *viele* Millionen Menschen. Die Einschaltquoten sind zwar gut, und ich werde dieses Jahr womöglich für den großen Talkshow-Preis nominiert ...« Sie lächelte. »Das wäre was, wenn ich den –«

Nun schaltete Jesahja sich ein. »Und zweitens?«

Frau Susewind seufzte. »Zweitens ist mir bei dem Gedanken, dass in unseren Wäldern ein riesiger, aggressiver Wolf frei herumläuft, nicht so recht wohl.«

»Mama! Ich hab dir doch gesagt, dass Askan –«

Ihre Mutter hob die Hand. »Das glaube ich dir auch. Und einige Leute bei der Polizei glauben dir auch. Es ist nur ...«

»Was?«, fragte Jesahja.

»Wenn so ein Raubtier richtigen Hunger bekommt, ist es sehr wahrscheinlich, dass es seine Ehrenworte und Versprechungen vergisst. Askan ist ein Tier, Lilli! Tiere sind nicht wie Menschen.« Damit nahm sie ihre Jacke und ihre Tasche, winkte zerstreut und verließ das Haus.

Lilli blieb mit finsterer Miene auf dem Sofa sitzen. Ihre Mutter musste ihr nicht sagen, was der Unterschied zwischen Tieren und Menschen war. Den kannte sie sehr genau: Menschen waren viel gefährlicher als Tiere.

»Wir müssen etwas tun«, sagte sie nun aufgebracht zu Jesahja.

Der nickte grübelnd. »Es gäbe da eine Möglichkeit ...«

»Welche?«, fragte Lilli und spürte, wie sich ihr Herzschlag beschleunigte. Jesahja hatte diesen ganz bestimmten Gesichtsausdruck, der sich immer dann zeigte, wenn er einen Plan schmiedete!

»Ich habe mir im Internet mal eine Karte von unseren Wäldern angeguckt«, sagte er. »Es gibt einen Bereich, der von sämtlichen Siedlungen weit entfernt ist, und wo selten Menschen hinkommen. Wenn Askan dahin gehen und dort bleiben würde, wäre er in Sicherheit.«

Lilli hörte Jesahja mit hochroten Wangen zu. »Eine sichere Zone!«

»So könnte man sagen.«

»Niemand dürfte je erfahren, dass er dort ist ...«

»Ja. Er müsste sich für immer dort verstecken.

Aber er würde zumindest nicht mehr fortgejagt werden!« Lilli drehte aufgeregt eine ihrer Locken um den Zeigefinger. »Aber wie soll Askan erfahren, dass es diesen sicheren Ort gibt und dass er dorthin muss?«

»Wir suchen ihn und zeigen ihm den Weg.«

»Wir?« Lillis Herz hämmerte nun schnell und laut gegen ihre Rippen. »Wir bringen ihn hin?«

»Genau.«

Eine Stunde später schlich Lilli sich aus dem Haus. Auf dem Wohnzimmertisch hatte sie einen kleinen Zettel hinterlassen. Darauf stand: »Jesahja und ich suchen Askan. Macht euch bitte keine Sorgen. Sobald wir ihn gefunden und gerettet haben, kommen wir wieder nach Hause.«

Ihre Mutter würde ausflippen, wenn sie das las, dessen war Lilli sich bewusst. Auch ihr Vater und ihre Oma würden böse sein, aber es ging nicht anders. Offenbar wollte sich keiner der Erwachsenen für den Wolf einsetzen, und das war einfach nicht fair! Askan hatte ihr Leben gerettet, und nun mussten sie ihn retten.

Mit Bonsai und Frau von Schmidt im Schlepptau verließ Lilli das Haus. Jesahja kletterte gerade aus dem alten gelben Auto ihres Vaters. »Hier!«, sagte er leise und schwenkte ein GPS-Gerät in der Luft. »Dieser Navi hier ist besser als der von meinen Eltern. Und der Akku ist voll!«

»Okay, dann nehmen wir den«, wisperte Lilli und guckte sich aufmerksam um. Das Wichtigste war nun, dass sie sich unbemerkt davonstahlen.

Gebückt schlichen sie durch die Büsche am Rande des Gartens der Susewinds, huschten über die Wiese vor dem Haus der Sturmwagners und kletterten über einen Zaun in den Garten der nächsten Nachbarn. Nachdem sie Bonsai und Frau von Schmidt ebenfalls über den Zaun gehoben hatten, lugten sie vorsichtig hinter einem Pfosten hervor auf die Straße.

»Vor eurem Tor stehen mehr Paparazzi denn je«, flüsterte Jesahja und betrachtete unwillig die Meute, die sich am anderen Ende der Straße vor dem Haus der Susewinds tummelte.

»Schnell«, sagte Lilli und eilte die Straße entlang. Kaum waren sie um die erste Ecke gebogen, begannen sie zu rennen. Zwei Straßen hinab, an ihrer Schule vorbei und einen kleinen Waldweg entlang, immer weiter rannten sie. Weder Bonsai noch Frau von Schmidt beschwerten sich über das Tempo. Anscheinend hatten die beiden verstanden, dass sie sich auf wichtiger Mission befanden.

Schließlich standen sie völlig außer Atem vor dem Jansenhof. Wolke Jansen, Lillis Freundin, kam ihnen wie verabredet entgegen. »Ich habe Merlin und Wayomi schon gesattelt«, sagte sie und zog Lilli und Jesahja zu den Ställen. »Wenn meine Mutter und Slavika rausbekommen, dass ich euch geholfen habe, kriege ich bestimmt mordsmäßigen Ärger«, befürchtete Wolke. Dennoch lächelte sie. »Am liebsten würde ich mitkommen. Aber keine Sorge, ich bleibe hier und decke euch.«

Lilli war froh, eine Freundin wie sie zu haben. »Danke, Wolke.«

»Gerne.«

Als sie den Stall betraten, hörte Lilli ein vertrautes Wiehern. »Lilli-i-i! Reiten wir jetzt?«, rief Merlin. »O ja! Lass uns einen spaßlustigen Sonderausritt machen! Den bestschönsten Ausritt aller Zeiten!«

Wayomi, die hellbraune Stute mit den vier weißen Fesseln, auf der Jesahja immer ritt, schnaubte ebenfalls freudig zur Begrüßung. »Hallo, Lilli! Hallo, Reitjunge!«

Lilli küsste den Schimmel auf die Stirn und streichelte Wayomis Flanke. »Wir haben einen ganz besonderen Ausritt mit euch vor.« Den wichtigsten Ausritt, den sie je unternommen hatten …

»Das ist ja wunderherrlich!«, sprudelte Merlin hervor. »Wann denn? Jetzt? Oder gleich?«

»Besser jetzt gleich!«, erwiderte Lilli lachend.

Kaum hatte sie das gesagt, knickten die beiden Pferde schon die Vorderbeine ein, um sie aufsteigen zu lassen. Das taten Merlin und Wayomi immer für sie, als besondere Freundschaftsgeste.

Lilli ließ Frau von Schmidt in ihre Satteltasche schlüpfen und sagte Bonsai, er solle neben Merlin herlaufen, da dem kleinen Hund auf dem Rücken eines Pferdes immer schlecht wurde.

Lilli und Jesahja stiegen auf. Inzwischen waren sie gute Reiter, daher hatten sie keine Bedenken bei ihrem gewagten Vorhaben. »Es geht los!« Lilli ritt mit Merlin aus dem Stall, Jesahja und Wayomi hinterdrein. Im schnellen Trab ging es den steilen Weideweg hoch, dann erreichten sie den Wald. Dort verstellte ihnen eine rot-weiße Absperrung mit dem Schild »Zutritt verboten« den Weg.

»Die haben den Wald abgesperrt!«, stellte Jesahja überrascht fest.

»Da kommen wir drüber«, sagte Lilli entschlossen. »Oder, Merlin?«

»Kla-a-ar!«, wieherte der Schimmel, nahm Anlauf und flog im hohen Bogen über die Absperrung hinweg. »Hui-i-i!«

Wayomi scheute zwar zuerst, aber kurz darauf sprang auch sie über die Absperrung. Dann stürmten sie im Eiltempo über einen schmalen Pfad. Nach ein paar Minuten strammen Reitens hielten sie an.

»Schalte das GPS ein«, sagte Lilli, und Jesahja holte den elektronischen Navigator aus der Tasche.

»Wir müssen nach Süden«, murmelte Jesahja, während seine Nase das kleine Gerät beinahe berührte. »Hier entlang!« Er schnalzte mit der Zunge und ritt voraus. Lilli und Merlin folgten. Sie nahmen beinahe denselben Weg wie am Tag zuvor, passierten mehrere Hügelketten, einen kleinen Bach und kamen dem Camp immer näher. Lilli hoffte inständig, dass Askan sich noch in der Nähe des Ackers aufhielt. Wenn sie ihn nicht fanden, konnten sie ihn auch nicht zu den abgelegenen Wäldern bringen, in denen er sicher sein würde …

»Askan!«, begann sie nach einer Weile laut zu rufen. »Askaaan!«

Bonsai, der neben ihnen her sprintete, hob immer wieder die Nase in die Luft, aber er schien noch keine Witterung von dem Wolf zu haben.

»Suchst du deinen Fress-Mo-o-onster-Freund?«, wieherte Merlin während des Trabens. »Sind wir hier, um ihn zu besuchen?«

Bevor Lilli antworten konnte, hörte sie plötzlich eine Stimme. »Suchst du den Wolf, Mädchen?«

Lilli hielt Merlin abrupt an. Wer hatte da gesprochen?

»Hier unten!«

Lillis Blick folgte der Stimme. Am Wegesrand saß der dicke Dachs! »Ja!«, antwortete sie aufgeregt. »Wir suchen den Wolf! Hast du ihn gesehen?«

»Er war vor kurzem noch hier.«

»Da bist du ja wieder!«, quietschte das Wiesel, das nun neben dem Dachs auftauchte.

»Der Wolf ist drüben in der Felswand!«, trällerte plötzlich eine Vogelstimme. Eine kleine Blaumeise flatterte neben ihr! »Ich hab ihn gerade eben dort gesehen!«

Felswand? Waren sie dem Camp so nahe?

»Bönselchen!«, rief nun eine weitere, aufgeregte Tierstimme. »Oh! Du bist gekommen, um mich zu besuchen!«

»Fini!«, schrillte Bonsai. »Knuddelpfötchen!« Mit drei großen Sätzen war der Hund bei der kleinen Füchsin, die gerade zwischen zwei Büschen hervortrat. Voller Begeisterung warf er sie um und zwickte sie aufgedreht in die Ohren. Fini kicherte ein Fuchskichern, und es begann eine verspielte Balgerei.

»Pfft! Einfach geschmacklos ...«, hörte Lilli Frau von Schmidt aus der Satteltasche grummeln.

Fini stand jedoch schnell wieder auf, schüttelte sich, als wolle sie sich konzentrieren, und sagte: »Ich kann euch zu Askan bringen. Er ist hier.«

»Ja, bitte bring uns zu ihm!«, rief Lilli. »Er ist in großer Gefahr!«

»Was? Oje.« Fini setzte sich sofort in Bewegung. »Kommt – hier entlang.«

Lilli, Frau von Schmidt, Merlin, Jesahja, Wayomi, Bonsai, die Blaumeise, der Dachs und das Wiesel folgten der kleinen Füchsin. Mit jedem Schritt gesellten sich mehr und mehr Tiere zu ihnen, denn sie alle schienen Lillis Ruf gehört zu haben. Eichhörnchen, Feldhasen, Iltisse, Igel, Mäuse, Ratten,

Wir suchen den Wolf

ein Bussard, zahllose andere Vögel, ein paar Wildschweine und ein Hirsch, der ebenfalls zwischen den Bäumen hervortrat, als Lilli und die anderen vorbeistürmten – sie alle schlossen sich der kleinen Tier-Karawane an, die Lilli nun begleitete.

Lilli ritt mit entschlossener Miene auf dem großen weißen Pferd an der Spitze der Gruppe, direkt hinter Fini. Sie konnte nur an Askan denken. Gleich würden sie ihn finden. Und dann würden sie ihn von hier fortbringen, an einen sicheren Ort. Sie hatten es beinahe geschafft …

Gefährliches Zusammentreffen

Plötzlich hörte Lilli Stimmen – Männerstimmen, die aufgebracht klangen. »Halt!«, stieß sie halblaut hervor, riss den Arm nach oben und hielt ihre Tier-Karawane damit an. »Was ist das?«

Jesahja legte den Kopf auf die Seite und lauschte angestrengt. »Das klingt wie … Oleg!«

»Was?«, stieß Lilli verdattert hervor, da sah sie, dass sich hinter ein paar Bäumen irgendetwas bewegte. »Da drüben!«, flüsterte sie, stieg ab und schlich sich näher heran. Mit klopfendem Herzen spähte sie hinter einem Baum hervor und erstarrte. Sie waren wieder beim Camp! Vor ihr lag der Acker! Und auf dem Acker befand sich eine Gruppe von Leuten, oder besser gesagt: befanden sich zwei Gruppen von Leuten. Die eine Gruppe bestand aus einigen Personen in Arbeitskleidung und Gummistiefeln – Midas' Männer, angeführt von Oleg! Sie waren völlig verdreckt und hatten übermüdete, abgekämpfte Gesichter. Mit erhobenen Händen standen sie da. Sie wurden von einem Dutzend Polizisten umzingelt, die langsam näherrückten.

»Die Polizei hat sie offenbar gerade erwischt!«, zischte Jesahja, der sich hinter einigen Sträuchern versteckte. Merlin, Wayomi und die übrigen Tiere standen oder saßen hinter Lilli und schienen zu verstehen, dass sie sich ebenfalls verbergen mussten.

»Wir ergeben uns!«, hörte Lilli Oleg rufen.

Da zwängte sich Kommissar Schneider zwischen den anderen Polizisten hervor. Seine helle Barett-Mütze, die langen Haare und die getönte Brille waren unverkennbar. »Ach so, Sie sind also die Flüchtigen! Hm, hm …«, sagte der Kommissar und musterte die Männer mit halb zusammengekniffenen Augen. »Wo ist denn der … äh … Midas?«

Oleg antwortete ihm. »Er ist an dem Abend geflohen, an dem die Kinder weggelaufen sind! Nachdem der Wolf und die anderen Tiere verschwunden waren, ist Midas zum Jeep gestürzt und abgehauen.« Olegs Stimme war anzuhören, wie erschöpft er war. »Uns andere hat Midas hier zurückgelassen.«

»Aha, aha …«, grummelte der Kommissar. »Es gab also nur ein Auto für die ganzen Verbrecher hier?«

Oleg zog die Brauen zusammen. »Ja«, bestätigte er zögernd. »Wir andere haben uns schließlich zu Fuß auf den Weg gemacht. Wir wollten in die Stadt, aber wir haben uns verlaufen. Drei Tage lang sind wir im Wald herumgeirrt und schließlich hier wieder herausgekommen …«

Lilli hörte Fini brummen: »Diese Leute haben im Wald schrecklichen Lärm gemacht! Sind das Freunde von dir, Lilli?«

Lilli blickte die Füchsin erstaunt an. Dann flüsterte sie: »Der Mann mit dem Bart ist mein Freund. Er heißt Oleg.«

Nun rief Kommissar Schneider spöttelnd: »Ohhh, das tut mir aber leid! Hat die Flucht nicht richtig geklappt? Das ist ja schrecklich …« Er lachte. »Wo ist denn dieser … äh … Midas wohl hin?«

»Das wissen wir nicht«, antwortete Oleg. »Er hat uns nie verraten, was genau er im Schilde führt, von Anfang an nicht! Erst jetzt weiß ich, was für ein Mensch er ist.« Oleg senkte den Kopf. »Es tut mir leid, dass wir für ihn gearbeitet und ihm geholfen haben. Dass er zwei Kinder entführt hat, ging einfach zu weit …«

»Ach, die Nummer mit dem reumütigen Übeltäter!« Der Kommissar lachte. »Lange nicht gesehen! Kommt aber immer wieder gut.« Er grinste Oleg an. Ganz offensichtlich glaubte er ihm seine Reue nicht. »Wissen Sie was? Sie sind hiermit verhaftet und kommen für sehr lange in den Knast!«

Oleg wurde kalkweiß.

Da liefen auf einmal zwei Männer in Jägerskluft auf den Acker. Sie gestikulierten wild mit den Händen und schrien: »Vorsicht! Da vorne ist der Wolf! Bewegen Sie sich nicht!«

Lilli wurden die Knie weich. Askan! Wo war er? Hektisch wanderte ihr Blick zur Felswand, aber sie sah ihn nirgendwo.

»Hier sind überall Jäger!«, riefen die beiden

Männer den Polizisten zu. »Wir haben die Situation im Griff, aber bleiben Sie, wo Sie sind, bis wir das Tier erlegt haben!«

Erlegt? *Erlegt?!* Dieses Wort ließ Lilli das Blut in den Adern gefrieren. Sie hatte gedacht, die Jäger wollten Askan fortjagen!

Im nächsten Moment fuhren mehrere Autos vor und hielten quietschend am Rand des Ackers. Gleich darauf sprangen zahllose Paparazzi und Reporter mit Fernsehkameras aus den Wagen!

»Was soll das?«, donnerte Kommissar Schneider. »Wer hat die Presse angerufen?«

»Ich«, meldete sich eine Polizistin mit dünner Stimme. »Ich dachte, es wäre gut, wenn die Verhaftung von Midas' Leuten in den Nachrichten käme ...« Sie wurde mit jedem Wort leiser. »Ist doch ein toller Erfolg für die Polizei ...«

»Seien Sie vorsichtig!«, rief der Kommissar den Presseleuten zu. »Der Wolf ist hier! Gehen Sie in Deckung! Die Forstbehörde hat hier überall Leute!«

Seine Warnung schien die Reporter jedoch nur noch begieriger auf Bilder zu machen. Hastig brachten sie ihre Fotoapparate in Position und suchten mit den Augen nach den Jägern und dem

Wolf. Die Fernsehkameras liefen anscheinend ebenfalls schon und filmten alles.

»Da drüben!«, flüsterte Jesahja Lilli zu und deutete auf den Waldrand hinter dem Acker, wo sich zahllose Jäger anschlichen!

»Nein!«, schrie Lilli, ohne nachzudenken. Mit der vollen Kraft ihrer Lungen brüllte sie: »Askan! Pass auf! Hier sind überall Jäger!«

Die Köpfe sämtlicher Polizisten, Reporter und Forstleute fuhren zu ihr herum. »Die Tier-Flüsterin!«, hörte Lilli mehrere überraschte Stimmen rufen. Sie war vor Aufregung einen Schritt neben den Baum getreten, hinter dem sie sich versteckt hatte, und nun war sie für alle zu sehen. Dutzende von Augenpaaren starrten sie an.

Da tappte plötzlich der Wolf auf den Acker! Verstört blickte er sich um. »Lilli? Wo bist du?«, rief er. »Wo soll ich hingehen?« Während er den Kopf alarmiert nach rechts und links drehte, lief er genau auf die Jäger zu!

»Askan!«, schrie Lilli und rannte los. Sie dachte nicht nach, sie handelte einfach. Sie rannte mitten auf den Acker – zu Askan.

»Kind!«, schrie einer der Polizisten entsetzt. »Nicht!«

»O Gott, Mädchen! Das ist lebensgefährlich!«, kreischte ein anderer. »Der Wolf!«

»Die Jäger!«, gellte einer der Reporter.

Aber Lilli ließ sich nicht abhalten. Mit großen Schritten hetzte sie auf Askan zu.

»Lilli!«, rief der Wolf ihr entgegen. »Was ist los? Was soll ich machen? Hier sind überall Menschen!«

Da erreichte Lilli ihn. Verzweifelt schlang sie ihre Arme um seinen Hals und drückte Askan so eng sie konnte an sich. Sie wusste, dass die Jäger ihm nichts tun würden, wenn sie so nahe bei ihm war. »Bleib ganz ruhig«, wisperte sie ihm ins Ohr. »Beweg dich nicht.«

»Okay.« Askan rührte sich keinen Zentimeter.

»Achtung! Der Wolf ist gefährlich!«, rief ihr einer der Jäger zu.

»Nein, ist er nicht!«, schrie sie zurück.

»Liliane!«, schaltete sich nun Kommissar Schneider ein. »Geh da weg! Das hat doch keinen Zweck!« Dann schnappte er hörbar nach Luft. »Was ... ist ... das ... denn?«

Lilli blickte sich um. Hinter ihr kam ihre Tier-Armee aus dem Wald! Ein regelrechtes Gewimmel von Waldtieren und Vögeln überquerte gemeinsam mit Jesahja, Wayomi, Merlin, Bonsai und Frau von Schmidt den Acker!

»Wo kommen die ganzen Tiere her?«, rief eine Polizistin. »Junge! Geh in Deckung!«

Doch Jesahja rannte mit unerschrockenem Gesichtsausdruck zu Lilli. Sobald er und die Tiere bei ihnen waren, nahmen sie Lilli und den Wolf in die Mitte und bildeten einen Schutzwall um sie herum.

»Ich wittere Gefa-a-ahr!«, wieherte Merlin. »Wir stellen uns mal lieber um dich rum, Lilli. Wir sind viele.«

»Soll ich die Leute da plattbellen?«, fragte Bonsai.

»An wem soll ich mich für Sie rächen, Madame?«, erkundigte sich Frau von Schmidt.

Lilli konnte nicht antworten, denn sie hatte einen dicken Kloß im Hals. Dadurch, dass Jesahja und die anderen hier waren, konnten die Jäger nun nichts mehr unternehmen! Sie waren zu viele!

Lilli richtete sich auf und hob die Hände. »Der Wolf ist keine Gefahr!«, schrie sie so laut, dass alle sie hören konnten.

»Moment!«, rief der dicke Dachs. »Wir sind doch hier in Gefahr, und nicht die!«

Lilli erkannte, dass sämtliche Kameras auf sie gerichtet waren. Zwei Fernsehreporter tuschelten: »Wir sind live drauf! Das ist die Sensation des Jahres!«

Lilli schluckte und verspürte mehr denn je den Wunsch, ihr Gesicht unter ihrer Kapuze zu verstecken. Aber die Kameras durften sie nicht davon abhalten zu sprechen. Es ging um Askans Leben. »Bitte lasst den Wolf in Ruhe!«, flehte sie. »Er ist nur ein einsamer Wanderer, der keinem Menschen oder Weidetier jemals etwas zuleide tun würde! Darauf hat er mir sein Ehrenwort gegeben.«

»Er hat einen Polizeibeamten angefallen!«, rief einer der Jäger vom gegenüberliegenden Waldrand herüber.

»Das stimmt nicht!«, meldete sich nun ein Polizist zu Wort. »Ich bin Polizeimeister Gutmichel. Ich war es, der hier im Wald auf den Wolf getroffen ist. Angefallen hat das Tier mich nicht! Es hat allerdings geknurrt und sah aus, als ob es mich angreifen wollte!«

»Askan!«, wandte Lilli sich an den Wolf. »Erkennst du diesen Mann da wieder?« Sie wies auf den Polizisten.

»Ja«, antwortete Askan. »Dem bin ich im Wald

begegnet. Er hat mit Steinen nach mir geworfen. Da habe ich ihm gesagt, dass er mich in Ruhe lassen soll, und bin weggelaufen.«

Lilli atmete geräuschvoll durch. Dann fragte sie den Beamten: »Haben Sie mit Steinen nach dem Wolf geworfen?«

Polizeimeister Gutmichel entglitten alle Gesichtszüge. »Ähm … ja«, gab er zu.

Ein Raunen ging durch die Reihen der Polizisten, Reporter und Jäger.

»Ich hatte Angst!«, verteidigte der Polizist sich. »Das da ist schließlich ein Raubtier!«

Lilli schüttelte traurig den Kopf. »Sein Knurren hieß nichts weiter als *Lass mich in Ruhe*«, übersetzte sie. »Er hat geknurrt, weil Sie ihn angegriffen haben! Aber er hat Ihnen trotzdem nichts getan und ist einfach weggelaufen!«

Polizeimeister Gutmichel wirkte beschämt. »Ja … das ist richtig.«

Einen Augenblick lang herrschte betretene Stille.

Dann ergriff einer der Paparazzi das Wort. »Das Mädchen hat bewiesen, dass es mit dem Wolf sprechen kann!«, rief der Mann. »Wenn er ihr versprochen hat, keinem Menschen oder dem

Vieh der Bauern etwas zu tun, dann sollten wir ihr das vielleicht einfach glauben und das Tier in Frieden lassen.«

Lilli starrte den Mann ungläubig an. Ausgerechnet ein Paparazzo ergriff Partei für sie!

Eine Reporterin, die neben ihm stand, fügte hinzu: »Ja, lasst den Wolf doch einfach in Ruhe. Unsere Wälder sind groß genug!«

Nun erhoben auch zwei andere Presseleute ihre Stimmen und forderten lautstark, dass man den Wolf gehen lassen und nicht weiter Jagd auf ihn machen sollte.

Lilli starrte die Gruppe der Journalisten mit großen Augen an. Am liebsten hätte sie diese Leute, die ihr zuvor regelrecht zuwider gewesen waren, allesamt umarmt!

»Ich finde ja auch, dass so ein Wölfchen kein bisschen stört«, mischte Kommissar Schneider sich nun ein. »Der tut doch keiner Fliege was zuleide! Das sieht man doch sofort!«, ließ er sich vernehmen und strahlte dabei in die laufenden Fernsehkameras.

Da betrat einer der Jäger den Acker und kam auf Lilli zu. »Mein Name ist Horst. Ich bin der Oberförster«, stellte er sich vor.

Lilli sah den Mann unsicher an. Von ihm hing alles ab!

Mit nachdenklichem Blick musterte der Oberförster zuerst den Wolf, dann Lilli. »Dieser Wolf ist ungefährlich?«

»Ja«, gab Lilli mit fester Stimme zur Antwort.

»In Ordnung«, sagte Herr Horst. »Dann werden wir ihn nicht mehr jagen.«

Lilli stöhnte vor Erleichterung und musste sich an Jesahja festhalten, um nicht umzufallen.

Der Oberförster betrachtete nun die Tiere, die sich wie ein Bollwerk um Lilli herum aufgestellt hatten. »Da hast du ja einen schönen Querschnitt unserer Waldtiere bei dir ...« Auf seinem Gesicht zeigte sich ein kleines Lächeln. »Offenbar kannst du mit ihnen allen sprechen?«

»Ja.«

»Vielleicht kannst du uns in Zukunft ja mal im Wald aushelfen«, schlug der Oberförster vor. »Es wäre zum Beispiel schön, wenn du mal mit den Wildschweinen reden könntest. Manchmal verwüsten sie nämlich die Felder der anliegenden Bauern und machen sich über deren Ernte her.«

Lillis Herz hüpfte vor Aufregung. »Das mache ich! Ich helfe Ihnen gern!«

»Okay. Der Wolf darf in unseren Wäldern leben.« Herr Horst lächelte. »Du kannst jetzt mit ihm und den anderen Tieren gehen. Wir werden euch nicht zurückhalten.«

Lilli stieß einen erleichterten Seufzer aus. »Vorher muss ich noch etwas sagen.« Sie wandte sich an Kommissar Schneider. »Oleg und diese Männer haben uns geholfen, Midas zu entkommen«, erklärte sie. »Ohne Oleg hätten wir nicht fliehen können. Bitte bestrafen Sie ihn nicht zu hart.«

»Ach so … na ja.« Der Kommissar schmatzte. »Wenn das so ist, kommt er vielleicht nicht für sehr lange in den Knast.«

Oleg warf Lilli einen dankbaren Blick zu. Lilli lächelte ihn an. Dann sagte sie zu Jesahja und den Tieren: »Wir haben es geschafft!«

Jesahja jauchzte: »Juhu!«, und die Tiere riefen vor Freude wild fiepend, zwitschernd und wuffend durcheinander.

Askan blickte Lilli lange an. »Danke«, raunte er, und in seinen Augen lag so viel Erleichterung und Dankbarkeit, dass Lilli lächelnd die Tränen kamen.

Ein neues Zuhause

Lilli starrte gebannt auf den Bildschirm des Fernsehers.

»Da! Das ist Midas!«, rief Jesahja und sprang vor Aufregung auf.

Die Polizei hatte Midas soeben geschnappt, und das Fernsehen berichtete live über seine Verhaftung.

»Der sieht ja schnieke aus«, bemerkte Lillis Oma, die gemeinsam mit Herr und Frau Susewind neben dem Sofa stand und verfolgte, wie dem großen dicken Mann im piekfeinen Anzug Handschellen angelegt wurden.

»Irgendwie sieht er ein bisschen verrückt aus«, fand Lillis Vater. »Dieser irre Blick!«

In diesem Augenblick schrie Midas in die Kameras: »Ich wollte ein Wunder vollbringen! Ich habe nichts Schlechtes getan! Ich wollte die Welt in eine blühende Oase verwandeln!«

Lillis Hände wurden schweißnass. Dieser Mann hatte ihr einen Sack über den Kopf gestülpt und sie entführt! Er hatte sie in einem Wohnwagen gefangen gehalten und sie gezwungen, ihm bei seinen irren Ideen zu helfen! Allein bei dem Gedanken daran wurde Lilli ganz schlecht.

Ihre Mutter setzte sich neben sie und legte ihr den Arm um die Schultern. »Keine Sorge!«, sagte sie und drückte Lilli. »Jetzt müssen wir keine Angst mehr haben. Midas kommt hinter Schloss und Riegel.«

Da erschien Kommissar Schneiders verkniffenes Gesicht im Fernsehen. »Dieser Mann wird für sehr lange in den Knast wandern! Ha!«

Lillis Mutter strich ihrer Tochter übers Haar. »Ich bin unendlich froh, dass dir nichts passiert ist.«

Lilli lächelte ihre Mutter an. »Mama …«, begann sie in fragendem Tonfall.

»Nein«, wehrte Frau Susewind sofort ab. »Du und Jesahja, ihr habt trotzdem vier Wochen Hausarrest.« Sie sah Lilli streng an. »Und das ist eigentlich noch viel zu kurz! Ihr seid einfach mit den Pferden in den Wald geritten! Obwohl ihr wusstet, dass dort Jäger auf der Pirsch waren und das ganze Gebiet als Gefahrenzone abgesperrt war!«

Lilli senkte schuldbewusst den Kopf. »Es musste sein ...«

»Und die Strafe muss eben auch sein«, klinkte Lillis Vater sich ein. »Damit ihr endlich lernt, dass ihr mit uns reden solltet, bevor ihr auf eigene Faust etwas unternehmt! Zusammen hätten wir bestimmt eine Lösung gefunden.«

Lilli und Jesahja tauschten einen Blick. »Wir dachten, ihr wolltet Askan nicht helfen ...«, sagte Jesahja und schaute dabei Lillis Mutter an.

»Das stimmt nicht«, schaltete Lillis Oma sich ein. »Wir hatten uns nämlich eigentlich schon etwas für Askan überlegt. Wenn ihr nur mit uns geredet hättet!«

»Was hattet ihr euch denn überlegt?«, fragte Lilli interessiert.

Lillis Oma lächelte. »Wir haben mit Oberst Essig telefoniert ...«

»Was?«, wunderte sich Lilli. Frau Essig-Steinmeier, genannt *Oberst Essig,* war die Direktorin des Zoos, in dem Lilli als Tier-Dolmetscherin arbeitete. »Wollt ihr Askan in den Zoo bringen?«, fragte sie erstaunt. »Ich glaube nicht, dass das etwas für ihn wäre!«

»Nein«, stimmte ihr Vater zu. »Der Zoo wäre nicht das Richtige für einen Wolf wie ihn, der an die Freiheit gewöhnt ist.« Er schüttelte den Kopf. »Wir haben Oberst Essig angerufen, weil sie sich besser als jeder andere mit Tieren auskennt und viele Kontakte hat. Wir haben ihr von Askan erzählt, und sie hatte eine Idee, wie man ihm helfen könnte.«

»Was für eine Idee?«, hakte Jesahja nach.

Lillis Mutter grinste geheimnisvoll. »Habt ihr gewusst, dass im Osten Deutschlands mehrere Wolfsrudel frei in den Wäldern leben?«

Lilli war verblüfft. »Wirklich?«

»Darüber hab ich mal was gelesen …«, murmelte Jesahja.

Lillis Oma ergriff wieder das Wort. »Oberst Essig hat vorgeschlagen, Askan in die Lausitz zu bringen. So heißt eine Region in Ostdeutschland, in der besonders viele Wölfe leben. Wenn Askan von einem der dort ansässigen Rudel akzeptiert wird, könnte er wieder mit anderen wilden Wölfen zusammenleben.«

»Und dafür, dass er von den anderen Wölfen akzeptiert wird, sorgt Lilli schon«, fügte Lillis Mutter hinzu.

Lilli sah sie verdutzt an. »Ich?«, fragte sie atemlos. »Ich darf Askan zu den anderen Wölfen bringen?«

»Wir bringen ihn alle zusammen hin!«, erwiderte Lillis Vater mit einem breiten Grinsen. »Mama hat schon mit Oberförster Horst gesprochen.«

Lilli konnte es kaum glauben. »Wirklich, Mama?«

Frau Susewind strich ihr über das Knie. »Ja. Es tut mir leid, dass ich dir nicht gleich geholfen habe, Lilli. Als du mich gefragt hast, ob ich in meiner Show über Askan sprechen kann, war ich mal wieder gestresst, deswegen hab ich nein gesagt.« Sie schüttelte den Kopf. »Seit der Übertragung von Askans Rettung auf dem Acker reden alle nur noch über Wölfe in Deutschland, und ich werde in meiner nächsten Show auch etwas dazu sagen.«

»Was denn?«

»Dass die Wölfe auch ein Recht haben, hier

zu leben. Ich werde sagen: Rückt dem Wolf nicht auf den Pelz!« Frau Susewind lachte und umarmte ihre Tochter. Lilli schloss die Augen und drückte ihre Mutter ganz fest an sich.

»Was habt ihr euch denn für Askan genau überlegt?«, fragte sie nach einer Weile.

Ihre Mutter antwortete. »Sobald wir alles abgeklärt haben, soll es so ablaufen: Zuerst suchen wir Askan gemeinsam im Wald. Wir alle zusammen – nicht ihr Kinder allein! Dann erklärst du ihm, dass wir ihn zu einem neuen Rudel bringen, und anschließend fahren wir ihn in die Lausitz. Dort wird der zuständige Förster uns empfangen. Er ist ein Bekannter von Oberst Essig ...«

Lilli hörte ihr zu und strahlte von einem Ohr zum anderen. Das war ein toller Plan, der Askan garantiert gefallen würde! Denn der Wolf war zwar froh, dass er nun nicht mehr fortgejagt wurde, aber er war noch immer sehr einsam. Lilli quiekte vor Freude und drückte ihrer Mutter einen dicken Kuss auf die Wange.

Eine Woche verging. Lilli und Jesahja überließen es ihren Eltern, Askans Umzug zu planen. Die Erwachsenen telefonierten viel und engagierten sich sehr für den Wolf. Frau Susewind widmete dem Thema sogar eine komplette Talkshow-Stunde, in der sie sich flammend für die Freiheit der Wölfe einsetzte.

Am Sonntagmorgen war Familie Susewind gerade mit dem Frühstück fertig, als es an der Tür klingelte. Lilli öffnete. Vor ihr stand eine große, Achtung gebietende Frau mit pfeilgeradem Rücken und strengem Haardutt. »Liliane«, grüßte Frau Essig-Steinmeier knapp. »Schön, dich zu sehen. Im Zoo hast du dich ja in letzter Zeit selten blicken lassen.«

»Ich war mit Askan beschäftigt!«, erwiderte Lilli. »Aber ich komme bald wieder vorbei.« Sie vermisste den Zoo, die Pfleger und vor allem die Zootiere.

»Freut mich zu hören.« Die Direktorin nickte steif. »Alles fertig?«, fragte sie dann.

»Ja!«, rief Lilli kribbelig. »Wir sind gleich so weit.« Hinter ihr machten sich ihre Eltern und ihre Oma startklar und zogen dicke Jacken und Schals an. Bonsai konnte es ebenfalls kaum erwarten. »Jetzt geht's ab!«, bellte er fröhlich. »Wir fahren total weit weg und dann sind wir da, wo wir hingefahren sind!«

»Ich sag den Sturmwagners Bescheid!«, rief Lilli und flitzte zum Nachbarhaus hinüber. Jesahja und seine Eltern wollten es sich nicht nehmen lassen, ebenfalls mitzufahren und Askan zu seinem neuen Zuhause zu bringen.

Die Sturmwagners kamen ihr auf dem Rasen hinter den Büschen, die die beiden Grundstücke trennten, schon entgegen. Frau von Schmidt tippelte voran und war der festen Überzeugung, dass sich der ganze »wunderbare Wirbel« allein um sie drehte.

Nachdem sich alle vor dem Haus der Susewinds versammelt hatten, rief Frau Essig-Steinmeier: »Mir nach!«, hob den Arm wie zum Startschuss in die Luft und stieg mit zackigen Bewegungen in ihr Auto. Die Sturmwagners fuhren bei ihr mit, die Susewinds nahmen ihren großen Kombi.

Nachdem sie im Schritttempo zwischen den lauernden Reportern vor dem Tor hindurchgefahren waren, ging es flott zum Wald. Dort wartete Oberförster Horst bereits auf sie, und gemeinsam marschierten sie in den Wald hinein.

Lilli war so aufgeregt, dass ihr Mund trocken war wie Sandpapier. Sie konnte es kaum erwarten, Askan die guten Neuigkeiten zu erzählen.

Während Lilli lauthals: »Askaaan! Wo bist du?« schrie, bellte Bonsai immer wieder »Wolf-Kumpel! Hallo!?«

Da hörte Lilli, wie einige der Waldtiere ihren Ruf aufnahmen und ihn wiederholten, als wollten sie ihn weitertragen. Kurz darauf erklang im ganzen Wald ein bombastisches Echo ihrer Worte: Hunderte von Tierstimmen zirpten, piepsten und quäkten Lillis Frage weiter. »Wo ist Askan?«, zwitscherte ein Vogel zum nächsten. »Habt ihr den Wolf-Kumpel gesehen?«, rief ein *hundeartiges* Tier dem anderen zu.

Nach einer kleinen Weile brachten Dutzende von Stimmen eine Antwort zu Lilli zurück: »Er kommt. Wir haben ihm Bescheid gesagt. Warte hier.«

Lilli und die anderen mussten nur wenige Minuten ausharren, dann stand er vor ihnen: der schöne, große Wolf mit seinen hellen, klugen Augen. »Lilli!«, grüßte er erfreut.

»Askan!« Lilli umarmte das Raubtier. Dann erklärte sie ihm, was sie vorhatten, und Askans Augen leuchteten auf.

»Ein neues Rudel?«, fragte er sehnsüchtig. »Wirklich?«

»Ja! Bald wirst du nicht mehr allein sein. Komm mit!«, rief Lilli mit vor Freude kieksender Stimme und lief voraus. Askan und die anderen folgten ihr zurück zu den Autos. Dort bat Lilli den Wolf, in den großen Kofferraum ihres Kombis zu springen. Askan zögerte kurz, aber er vertraute Lilli und stieg in den Wagen.

Anschließend fuhren sie los. Oberförster Horst folgte ihnen in seinem Auto. Auch er wollte Askans Rückkehr in die Wolfswelt nicht verpassen.

Die Fahrt war weit und dauerte lange. Nach einiger Zeit fing Frau von Schmidt an, sich über die »unzumutbaren Reisebedingungen« zu beschweren. »Ich muss mir dringend die Beine vertreten!«, verkündete sie griesgrämig.

Lilli ahnte, was die Katze wirklich musste, und rief Frau Essig-Steinmeier auf dem Handy an. »Frau von Schmidt hat … ein dringendes Bedürfnis«, erklärte sie. »Können wir mal eine Pinkelpause machen?«

Augenblicklich begann die Katze zu keifen. »Eine … was? Das ist ja unerhört! Selbstverständlich möchte ich lediglich einen kleinen Spaziergang machen. Alles andere wäre undenkbar gewöhnlich!«

Frau Essig-Steinmeier erwiderte am Handy: »Gut! Ich koordiniere das!«

Wenige Minuten später hielten die drei Wagen bei einer Autobahnraststätte. Sobald alle ausgestiegen waren, schnippte Frau Essig-Steinmeier mit den Fingern. »Alle mal herhören!«, rief sie mit donnernder Stimme. »Es läuft so: Frau von Schmidt geht da drüben ins Gebüsch!« Sie wies mit der Hand auf einige Sträucher. »Bonsai macht an den Baum daneben.« Wieder ein resoluter Fingerzeig. »Der Wolf bleibt ganz nah beim Auto, damit ihn keiner sieht. Er kann auf das kleine Stück Gras da machen.« Wieder ein Fingerzeig. »Die Sturmwagners kaufen was zu essen. Die Susewinds gehen währenddessen auf die Toilette. Die Sturmwagners danach. Und Sie!« – Ihr Zeigefinger deutete auf Oberförster Horst –, »Sie holen uns allen was Warmes zu trinken! Zack, zack!«

Alle starrten die Zoodirektorin einen Augenblick lang sprachlos an, dann setzten sie sich hektisch in Bewegung und taten, was sie ihnen aufgetragen hatte.

Frau von Schmidt war unterdessen längst in den Büschen verschwunden, aber für Askan und Bonsai übersetzte Lilli, wo sie hinmachen sollten.

»An den da?«, fragte Bonsai interessiert und schnupperte an dem Baum, den Frau Essig-Steinmeier ihm ausgesucht hatte. »Ist der besonders gut?« Er schnüffelte konzentriert. »Oh! Hier haben nur kleine Typen drangemacht!«, stellte er verwundert fest. »Perfekt!« Der winzige Hund nahm Schwung, stellte sich auf die Vorderpfoten und pieselte gegen den Stamm. »Ich bin der Größte!«, krähte er begeistert.

Lilli grinste. Der Wolf schien ebenfalls zu grinsen.

Nachdem alles genau so erledigt worden war, wie die Zoodirektorin befohlen hatte, setzten sie die Fahrt fort und kamen einige Stunden später in der Lausitz an.

Lilli war furchtbar aufgeregt. Würde alles so klappen, wie sie es sich vorstellten?

Ein älterer Mann begrüßte sie und stellte sich als Chef der örtlichen Forstbehörde vor. Frau Essig-Steinmeier schüttelte ihm schwungvoll die Hand und sagte: »Ab zu den Wölfen!«

Der Mann lachte und erwiderte, er würde sie nun in den Teil des Waldes führen, der seit einigen Jahren als festes Wolfsrevier bekannt war. Als er Askan aus dem Wagen der Susewinds springen sah, wich er respektvoll einen Schritt zurück, aber Lillis Mutter versicherte ihm, dass es keinen Anlass zur Sorge gäbe, denn ihre Tochter habe alles im Griff.

Lilli lächelte stolz.

Bevor sie sich aber zum Wolfsrevier aufmachten, schlossen sich ihnen noch vier Reporter an. Es waren genau jene Reporter, die Lilli vor einer Woche in der brenzligen Situation auf dem Acker unterstützt hatten und dafür eingetreten waren, dass man den Wolf in Ruhe ließ. Lillis Familie hatte ihnen als Dankeschön verraten, was sie an diesem Tag vorhatten, und sie eingeladen, in die Lausitz zu kommen und mit den Kameras festzuhalten, wie Askan ein neues Rudel fand.

Die große Gruppe um Lilli wanderte nun in den Wald hinein und versuchte, so leise wie möglich zu sein, um die Waldtiere nicht zu stören.

Askan trabte nervös neben Lilli her und schnupperte immer wieder am Wegesrand. »Hier sind Wölfe in der Nähe«, stellte er schließlich fest, und Bonsai stimmte zu. »Hier riecht es nach einer ganzen Kumpel-Mannschaft!«

Lilli blieb stehen. »Ich glaube, wir sind ganz in ihrer Nähe«, erklärte sie.

Die beiden Förster und Frau Essig-Steinmeier nickten ihr zu. »Dann los«, forderte die Zoodirektorin sie knapp auf.

Angespannt holte Lilli Luft und schrie: »Ihr Wölfe! Ich rufe euch!«

Es vergingen keine drei Minuten, dann tauchten zwischen den Bäumen und Sträuchern ein paar graue Schatten auf, die sich vorsichtig anpirschten.

»Da könnte einem ja beinahe mulmig werden …«, murmelte Lillis Oma.

»Keine Sorge.« Lilli nahm Omas Hand. Dann rief sie: »Ich heiße Lilli, und ich kann mit euch reden.«

Nun kamen mehrere Wölfe hinter Büschen, Bäumen und Erdhügeln hervor. Die Kameras der Reporter surrten und hielten alles fest.

Mit großen Augen starrten die Wölfe Lilli an. »Du bist ein Mensch!«, sagte ein großer Wolf mit bräunlichem Fell. »Wieso verstehen wir dich?«

»Das ist eine lange Geschichte«, antwortete Lilli und freute sich, dass die Wölfe interessiert näher kamen. Sogar ein paar Jungwölfe waren dabei! Neugierig tapsten sie heran und beschnüffelten Lilli. Lilli streichelte die Kleinen, während der große braune Wolf sich eindrucksvoll vor der Gruppe aufbaute. »Ich bin Lobo, der Leitwolf dieses Rudels. Normalerweise halten wir uns von Menschen fern …«

»Danke, dass ihr eine Ausnahme macht.«

Lobos Blick fiel auf Askan. »Wer bist du?«

Askan trat vor. »Mein Name ist Askan. Ich war lange allein und suche nach einem neuen Rudel.«

Lobo musterte den Fremdling. »Du bist sehr groß …«, stellte er wenig begeistert fest.

»Ich erkenne dich als Anführer an!«, gab Askan sofort zurück und senkte ehrerbietig den Kopf. »Ich will nicht kämpfen. Ich will nur dazugehören.«

Der Leitwolf schien mit sich zu ringen.

Da schaltete Lilli sich ein. »Bitte nehmt Askan bei euch auf. Er ist … ein guter Freund.«

»Yo!«, kläffte Bonsai.

Lobo warf dem kleinen Hund einen kurzen Blick zu, dann trabte er zu Askan und schnupperte an ihm. »Bist du ein guter Jäger?«

»Ja.«

Lobo brummelte zufrieden. Einen Augenblick lang zögerte er noch, doch dann stieß er Askan mit der Schnauze an. »In Ordnung. Ab heute gehörst du zu uns.«

Askan grollte wölfisch, und Lillis Oma drückte erschrocken Lillis Hand, aber Lilli beruhigte sie. »Askan hat gerade *Ich bin so froh* gesagt.«

»Dann darf er bleiben?«, fragte Frau Essig-Steinmeier mit hochgezogener Augenbraue. »Sie nehmen ihn auf?«

»Ja«, antwortete Lilli und gluckste, denn die Jungwölfe kletterten gerade übermütig auf Askans Rücken, bissen spielerisch in seinen Pelz und riefen: »Spiel mit uns!«

Das ließ Askan sich nicht zweimal sagen. »Okay!« Er rollte sich auf den Boden und fing an, sich unbändig mit den Kleinen zu balgen. Die erwachsenen Wölfe des Rudels schauten ihnen erfreut dabei zu.

Jesahja trat neben Lilli. »Na, das sieht ja aus, als hättest du ein paar Wölfe ziemlich glücklich gemacht.«

»Ja.« Lilli lächelte. »Richtig frohglücklich sogar. Das sind die bestglücklichsten Wölfe der ganzen Welt!«

Jesahja lachte. Lillis Oma lachte ebenfalls. Gleich darauf fielen auch Lillis Eltern, Herr und

Frau Sturmwagner, Frau Essig-Steinmeier und schließlich auch die beiden Förster und die Reporter ein. Man konnte gar nicht anders, als zu lachen.

Da lachte auch Lilli. Ganz tief aus dem Bauch heraus lachte sie, denn sie war vollkommen und mit Haut und Haaren glücklich. Und während ihr Lachen durch den ganzen Wald hallte, brach aus dem herbstharten Boden ein kleines Pflänzchen hervor, schoss in Windeseile in die Höhe und wurde innerhalb weniger Augenblicke zu einer knallroten, wunderschönen Blume – zur schönsten Glücksblume, die es je gab.

Liliane Susewind ist da!

Tanya Stewner
Liliane Susewind
Mit Elefanten
spricht man nicht!
176 Seiten, gebunden

Tanya Stewner
Liliane Susewind
Tiger küssen
keine Löwen
224 Seiten, gebunden

Tanya Stewner
Liliane Susewind
Delphine in Seenot
224 Seiten, gebunden

Tanya Stewner
Liliane Susewind
Schimpansen macht
man nicht zum Affen
240 Seiten, gebunden

Fischer Schatzinsel

fi 555 102 / 1

Deine Wunschliste bitte hier ausschneiden.

Alle Bücher von Tanya Stewner

Habe ich		*Wünsche ich mir*
	›Liliane Susewind – Mit Elefanten spricht man nicht!‹ (Band 1)	
	›Liliane Susewind – Tiger küssen keine Löwen‹ (Band 2)	
	›Liliane Susewind – Delphine in Seenot‹ (Band 3)	
	›Liliane Susewind – Schimpansen macht man nicht zum Affen‹ (Band 4)	
	›Liliane Susewind – So springt man nicht mit Pferden um‹ (Band 5)	
	›Liliane Susewind – Ein Panda ist kein Känguru‹ (Band 6)	
	›Wie weckt man eine Elfe?‹ (Band 1)	
	›Eine Fee ist keine Elfe‹ (Band 2)	

fi 666 053 / 1